知春集

叶梅 著

中国纺织出版社有限公司

内 容 提 要

本书以生态环境部特邀观察员、女作家叶梅的精美散文与画作，表现了一幅幅跨越大江南北的生态图景。从青藏高原的《鱼在高原》到三峡流域的《云之上》，从北国的《一只鸟飞过锦州》到西南的《万物生长》，作者在江河行走中与自然万物对话，试图用一棵草、一只鸟的目光和心情打量世界、感知生命，文字富有诗性，画作兼具想象，集神话传说、民间叙事、现实与未来于一体，带给读者关于人与自然多方位的体味和思考。

图书在版编目（CIP）数据

知春集 / 叶梅著. -- 北京：中国纺织出版社有限公司，2024.5
ISBN 978-7-5229-0555-6

Ⅰ.①知… Ⅱ.①叶… Ⅲ.①散文集－中国－当代 Ⅳ.①I267

中国国家版本馆 CIP 数据核字（2023）第 074850 号

责任编辑：刘　丹　向连英　　　　　责任校对：寇晨晨
责任印制：储志伟

中国纺织出版社有限公司出版发行
地址：北京市朝阳区百子湾东里A407号楼　邮政编码：100124
销售电话：010—67004422　传真：010—87155801
http://www.c-textilep.com
中国纺织出版社天猫旗舰店
官方微博 http://weibo.com/2119887771
北京华联印刷有限公司印刷　各地新华书店经销
2024 年 5 月第 1 版第 1 次印刷
开本：880×1230　1/32　印张：7
字数：105 千字　定价：59.80元

凡购本书，如有缺页、倒页、脱页，由本社图书营销中心调换

人不知春鸟知春

樱桃好吃树难栽

鸡鸣三省

云雾山中

序

一笔诗意一笔墨

戊戌年秋,二十余位中外作家齐聚广东观音山国家森林公园,载歌载舞之余,王羲之"兰亭盛会"景象突映脑际。机缘巧妙,何不效"兰渚山"之乐,邀诸作家以书画之技助兴?

古有文人王羲之、苏轼、王维、唐寅等能文善画,今亦有叶梅、王祥夫、李浩、兴安、张瑞田等能文善画。观音山国家森林公园黄淦波董事长闻之大喜,迅速安排,条案毛毡,笔墨纸砚,样样俱全。大厅内,作家中好书画者兴致勃勃,纷纷蘸墨运笔:画虫者,左手把酒右手挥毫,一只小翅细腻如丝;有书者,"大江东去",狂草如歌;画山水者,奇峰竞秀,跃然纸上……

夜半月朗,书者、画者,各展其技,兴趣盎然,观之悦心,随口吟出——

作家书画香满坡，

一笔诗意一笔墨。

举杯望月邀羲之，

文人书画有衣钵！

此情此景，"作家好书画"之意境，嵌入心底。

回首 2014 年，时逢《民族文学》少数民族文字版改版，为使杂志封面设计和内容皆与大刊相符，开拓创新乃唯一路径。结合前些年创办《中国化工报·文化周刊》的经验，版面的美化以图文并茂为佳，而将此法移植到杂志上，须加以改革、创新，将作家的文学作品配之自己的书画作品同时刊出，达到"文与书画两相宜"，真正做到文章书画的结合相得益彰，如此创意还属首次。于是，环视作家中能文善书画之大家，首先向两届茅盾文学奖获得者张洁女士、中国文联副主席冯骥才先生、中国作协副主席贾平凹先生说明创意并发出邀请，每人选一篇自己的精美短文，配上十幅自己的书法或画作，形式不拘一格。如此打造的新刊，犹如"大姑娘上轿"，围观者众也。

悠悠数载，凡举办采风活动亦必邀作家中好（hào）书画者和书画家同往，酒过三巡，星月满天之际，书画笔会便成为每次采风活动的亮点及保留项目。

一日，望着书画家们忘情挥毫，看众人围观索要书画场面热烈，忽生一念，若组织作家中文笔书画俱佳者出一套图文并茂的散文集，定会大受追捧。

此念萌生，立即行动。2023年一个春光烂漫的日子，与中国纺织出版社有限公司的编辑一拍即合。凡满足以下要素者，方可入选"作家好书画"集：此书画者须是作家身份；书画要有作家趣味；艺术作品不以追求价值为目的，贵在不像之像的神似；凡书画作品乃为文学作品之延伸或曰万丈豪情寄于山水花鸟；作家之特点每篇作品杜绝自我重复，其书画艺术需秉承文学创作之创新理念，皆通过作家笔墨创作出会说话、巧思考、有新意、别具一格的书画作品，配之美文，此集风格独特，文与书画相得益彰，可谓出版新风尚。

"众里寻之千百度"，叶梅、王祥夫、李浩、兴安、张瑞田五位大家的散文与书画作品珠联璧合，特色彰显，成为"作家好书画"第一辑的受邀者。

组织书稿时，边赏边赞，五位作者不愧为大家，以文而言，小说散文皆得心应手；以书画而论，四位擅画，一位擅书，皆为业界翘楚。

作家叶梅以生态为主题创作的《知春集》，以对生态环境的细致观察立经纬，运用清新自然的文字，寻找、挖掘人性中本真的美。叶梅《知春集》中的插画别具一格,梅花之美不在花艳,而在梅格。从叶梅的画中恰能看出画中深意,那正是一种梅花气质,使人领略到深刻的人生意义。物质、金钱或将化归尘土,唯有文章书画之精髓可流传于世。

作家王祥夫是鲁迅文学奖获得者,将散文创作的视角投射到日常生活中,以犀利的目光探寻人性,用文字描写中华民族历史文化记忆。他以描写特定场景为主题所创作的《绿皮火车穿过长夜》,文中藏画,画中显文。其文如画,信手拈来,不刻意为文,皆从生活中、性情中、思想中流淌而出,是非"作"之举,是一种独特的生命体悟。

作家李浩是鲁迅文学奖获得者,《在记忆、行走和思考之间》这部散文集中,他以新锐的视角去解读现实生活,赋惯常予新奇,在他的笔下,树、瓷、蜜蜂、狐狸和兔子不仅闪现生命之光,还透着缕缕哲思的痕迹。李浩在书中的插画文人气质浓郁,其中多是临摹黄宾虹、朱耷、石涛、沈周,但个人特点清晰,他将古典的雅致、妥洽、安静,以及重笔墨、重意趣的诉求,乃至对空白处的苦心经营都纳入自己的作品中,使画面的表现力更为丰沛。

作家兴安的散文创作一直突显直观、率性的特点,让读者感受到一个蒙古族汉子内心傲视生活、敬畏草原的精神世界。

他以画马在文坛、画界声名鹊起。究其根由是在中学时期练就了扎实的绘画功底,使其创作在写实和抽象、工笔与写意的转换中游刃有余,其独创的抽象性极强的各种姿态的马,辨识度很高,表现了自然与生命的深刻要义,每幅作品都让人驻足久观,透过其潇洒的笔墨,深悟其奥。

作家张瑞田以艺术记趣为主色调创作了《且慢》散文集,以侠气素心著称,且书且文,引领读者走进文人的斑斓世界。张瑞田少年学书,问古临帖,伴随他的生命成长与文学写作。因此,在他的书法中能够领悟到氤氲的书卷气,以及日渐稀少的文人品格。他的隶书倾向"朴实",在其隶书中,没有头重脚轻的结构颠倒,也不刻意营造一个字与一幅字的视觉冲突,沉稳中显露泰山之气。

五人风采,观之甚喜,效昔日文人之情怀,展当代作家之才艺,文章书画巧融一体。心潮澎湃之际一段文字涌出心底:

雄鸡不常鸣,一日只一啼,但却让黑夜变成了白天。
绘画不说话,文字默无声,但却让观赏者感慨万千。
张张素纸,笔走龙蛇,让汉字与山川有了想象空间。
行行宋体,铅华无饰,文善事善内心充盈锦瑟无端。

"作家好书画"且文且书且画,以这般整体而新颖的形式隆重出现在广大读者面前，如一缕檀香，渐侵脏腑。画淡了封面，晕开了文章，以画为幕，以文为歌，序幕入眼，尾声入心。随着"作家好书画"的问世，激发读者对"新文人"的推崇，由此，可窥见作家文字以外的"心灵与技能之光"。

南宋邓椿《画继》中言："画者，文之极也。"作家画家历来强调文学修养，而邓椿的理论则是把文学修养强调到了极致，认为绘画不仅仅是技艺，而且是人文之极。这可谓中国作家书画的点睛之句，用到叶梅、王祥夫、李浩、兴安、张瑞田诸君身上，恰如其分。把文学作品不易表现、内心表达无法张扬的情境，以风趣的书法，灵动的画面，呈给读者赏鉴，携士气、文气、灵气、笔气、墨气而出，凝目而思时，或精神外延，或暗含深邃……

正所谓，抚其书，一泓清溪沁润肺腑；览其文，襟胸顿阔流连难舍；犹舀一瓢"真水"，涤目清心；似取一抔"厚土"，育善养德；亦餐一顿药膳，身心俱健。惟此、惟此，幸甚、幸甚。

是为序。

赵晏彪

北京语言大学国际写作中心 会 长

《中国文艺家》编委会 主 任

作家好书画·书系 总策划

2023年9月于三境轩

雄关

安宁的元梅 / 100

三朵 / 106

云之上 / 117

火塘古歌 / 135

明亮的小城 / 143

仙女走过的九畹溪 / 149

蝉鸣大觉山 / 158

流花溪 / 166

一只鸟飞过锦州 / 174

万物生长 / 191

黄河入海 / 197

目录

人不知春鸟知春 / 001

根河之恋 / 006

黎明穿过岗巴拉山口 / 016

鱼在高原 / 023

莲由心生 / 033

一条鱼儿的回眸 / 042

金银沙 / 048

右玉种树 / 053

红绸 / 059

清江夜话 / 066

窗外 / 074

舞动的山冈 / 083

听茶 / 092

一年一度桃花开

童趣

人不知春鸟知春

我想说，文学与绘画时常会浑然一体。

多年前我写过一篇小说《黑蓼竹》，写到三峡的大雾中，一个少年的目光："就在浓重的混沌之中，一只鸟儿叫了起来。那肯定是一只羽毛华丽的鸟儿，浑身墨绿如锦缎发亮，头顶却有一点血红。它高高地伫立在云松的顶端，向天空扬起了脖子。这时它头顶的血红便像一个金色的王冠，它就那样从容地歌唱起来了。起初是长长的上下流动的鸣叫，像是一个试探的序言，在稍事停顿后，便清脆地响起金属般的叩击声。鸟儿的利喙啄打着四周沉沉的云海，开始敲出一条弯曲的缝隙，光亮便一丝丝一缕缕透了出来，汹涌的白雾也像是受到某种暗示，缓缓平息了躁动。

接着，不可思议地响起一个女孩儿银铃般的笑声，叮当地摇开云雾，红衫子女孩儿，脸的轮廓在云里沉浮，清晰的是黑发上一层碎玉般晶莹的露珠，密密地闪耀着，非常的清丽。珠帘下女孩儿一双乌亮的眼睛，骨碌碌转动着友善的好奇，而眼睛的一边有块拇指大的紫斑。"

很多年里，我一直想象着小说中的这幅画面，很想让它呈现在眼前。

我开始画它们，山川和花鸟，一块小石头，它们或许都有着不可思议的命运。这样的创作很有趣，小说、散文中的一些诗意，经过进一步的创造，以另一种方式具备了形象和生命。

在我那些笨拙的画作里，画面是脸和四肢，而文字是跳动的心。

最近这些年，我写了一些有关生态的散文，是从自然中得到的启示、感悟以及反思。

莲从来不事铺张，总是悄然开放，淡定的摇曳，从容的结果，苏东坡一语道尽："天然地，别是风流标格。"

红香一点青风，莲的芳香其实不论季节，皆因莲由心生。

——《莲由心生》

他化为白虎，回到曾经的盐阳清江，徘徊在女神为他献茶的风雨桥头，将一腔英雄泪化作一声声嘶吼，想唤回那女子的魂魄，继而他跃上山顶，永久地凝视着山下的盐水。之后的人们只要经过此地，就能远远看见那雄踞山头，躬腰低首的白虎。

好男儿，也有百回柔肠。

——《清江夜话》

在三朵的目光周围，天总是蓝的，阳光明亮热烈，他可以看得很远，一棵青稞的拔节都很清晰。美丽的山坡上生长着云杉、红豆杉和翠柏，远一些的田野里便是成片的青稞了，庄稼长得十分卖力，拔节的声响细听起来，就像是放着小小的鞭炮。而三朵——玉龙雪山也仿佛是那样一位熟识的、令人尊敬的朋友，他默默地站立在那里，一动不动，仿佛就是为了等你来，面对雪山的峻峭仙姿，心里会莫名地感动，为他做了什么呢？值得他如此坚定，如此长久的等待？

但实际上，无论你来与不来，他都在那里。

——《三朵》

让人诧异的是，河水看去竟是黑的，醇厚地放着光，就如皮肤黝黑的青春透着光泽。为什么会是黑色的河呢？当地朋友笑言之，是河两旁茂密的草丛和树林染成的，它们簇拥亲昵着这河，将自己曼妙的身影投入河的怀抱，于是便成了河的一部分。

一起涌动在河水里的，还有天上的白云，它们从高高的蓝天俯瞰着大地，根河成为它们美妙的镜子，它们为河水带去流动的光波，还有无比高远的气息。我一度恍惚，这是天在河里，还是河在天上？

不由得，我也很想成为一棵树，或是一朵云，长久的，就这样依偎着，或是不断亲近着这条河，这条名叫根河的河。

——《根河之恋》

我从小生活过的长江三峡，那里曾有过炎帝神农"乃味草木之滋，察寒温之性"，攀山登崖尝百草，为民解痛除忧的足迹；还曾有过诗人屈原一连串的"天问"：从"遂古之初，谁传道之？"问到天地离分、阴阳变化、日月星辰等自然现象，明暗不分，混沌一片，谁能够探究其中原因？大气一团迷蒙无物，凭什么将它识别认清？阴阳参合而生万物，何为本源何为演变？传说青天浩渺共有九重，是谁曾去环绕星度？仰望星空，天极遥远又延伸到何方？

——《云之上》

……

以古人之规矩，开自己之生面。古人面对大自然的谦卑与呵护，提醒当代世界不能因为科技进步，工业化、现代化的迅猛发展而忘乎所以，为所欲为，不能因为短短几百年的物质享受及挥霍而断送地球和人类的未来。

在我的家乡三峡一带，流传着许多让人回味的谚语，比如"人不知春鸟知春，鸟不知春草知春"，朴素地提示了大自然的规律，也告诉我们，自然界其实众生平等，人往往并不比其他生物聪明。

尊重大自然，以一棵草、一只鸟的心情和目光打量世界，感知生命，或许是我们应当尝试的。

根河之恋

六月,与大兴安岭的公路同行的,是那条流动的根河,它像一个信心满满的情人,紧紧相依,时而弯曲,时而浩荡,时而又隐入葱茏的绿树丛中,豪迈、率真、娇羞,兼而有之。

让人诧异的是,河水看去竟是黑的,醇厚地放着光,就如皮肤黝黑的青春透着光泽。为什么会是黑色的河呢?当地朋友笑言之,是河两旁茂密的草丛和树林染成的,它们簇拥亲昵着这河,将自己曼妙的身影投入河的怀抱,于是便成了河的一部分。一起涌动在河水里的，还有天上的白云，它们从高高的蓝天俯瞰着大地，根河成为它们美妙的镜子，它们为河水带去流动的光波，还有无比高远的气息。我一度恍惚，这是天在河里，还是河在天上？

不由得，我也很想成为一棵树，或是一朵云，长久的，就这样依偎着，或是不断亲近着这条河，这条名叫根河的河。

如果是春天，根河会从厚厚的冰层中泛起春潮，河的生命力会巨大地迸发开来，它推去坚冰，欢快地伸展腰肢，向远方而去。这破冰时节的河水才是它真正的本色，纯真清冽，水晶一般透明。河岸上，那些被严冬萧条了枝干的桦树林和灌木丛刚刚发青，它们与河的亲密还有待时日。它们互相邀约并相守着，等待不久之后的相拥。

这条源自大兴安岭的河，原本的名字是"葛根高勒"，正是清澈透明的意思。在一个个春天的日子里，根河回到童年，回到本真，然后一次次丰满成熟，将涓涓乳汁流送给两岸的万千生物。

地球上如果没有河流，也就没有人类，人的踪迹总是跟河有关，又总爱把河水比作乳汁，将家乡的河称为母亲河，给大河小河赋予了生命源泉的意味。在根河境内，有一千五百多条汩汩流动的河流与深浅不一的湖泊，构成了中国北方的大河之源。因为这河,人们寻觅而来。在东北的山岭草原湖泊河水之间,历史上无数北方族群部落逐河而居,使鹿的鄂温克人便是其中之一。

他们跟森林河流贴得最近,西到额尔古纳河岸,北到恩和哈达和西林吉,东到卡玛兰河口和呼玛尔河上游,南到根河,他们与这些河流相依为命。在千百年的相处之中,萨满与神的对话,留给人们一首歌:

蓝天蓝天你好吗?

还好吗?

我们是天上飞翔的鸟儿啊!

河水河水你好吗?

还好吗?

我们是水里游动的鱼儿啊!

鄂温克人就这样世代生活在大自然的怀抱里,根河目睹了这一切。

鄂温克人像家人一般与驯鹿为伴,生活起居、狩猎劳动,都离不开看上去"四不像"的驯鹿,它长着马头、鹿角、驴身和牛蹄,毛色淡灰或纯白,体态高贵,温顺优雅,唐朝诗人李白曾赋诗:"别君去兮何时还,且放白鹿青崖间。"乾隆皇帝则大为惊叹:"我闻方蓬海中央,仙人来往骑白鹿。然疑未审今见之,驯良迥异麋麝族。"如今的小孩子会觉得驯鹿眼熟,圣诞老人从天边所至时,就是它昂着漂亮的犄角拉着雪橇奔腾而来的。驯鹿属于童话,它活蹦乱跳时就会有神奇的童话如金豆般诞生。

眼下,这些令诗人和皇帝惊讶不已的温顺的大鹿在全世界已所剩不多,中国也唯独在大兴安岭根河一带幸留着几个饲养点。相比从前的从前,古老的大兴安岭消瘦了许多,为了对生态及动物进行保护,鄂温克人结束了最后的狩猎,放下了猎枪。但驯鹿人的生活仍在继续,所有的人都有理由选择离开森林,进入城市或远走他乡,但敖鲁古雅部落受人尊重的长辈——94岁的玛丽亚·索一步也不想离开她的驯鹿。

一踏进根河,我们就听说了她美丽的名字。先是在一些画册里见过这位老奶奶的影像,她神色坚毅平静,紧闭着嘴唇,嘴角两旁的皱纹宛如桦树皮上的纹路,仿佛她的脸上就印刻着她相守了一生的森林,即使沉默着,也能看出她和鹿群的故事。

她或许就是根河的化身,充满了母性,慈祥温暖,柔和坚强,有着丰富的传奇。年轻时她漂亮能干,是大兴安岭远近闻名的女猎手,与丈夫在密林里行走,打下的猎物无论多远,总是她领着驯鹿运回部落。常有人在茫茫林海中迷路,遭遇不测,玛丽亚·索会刻下"树号"——用短斧或猎刀在树干上砍下小小的印迹,举家搬迁或是远足狩猎,以此为指示。玛丽亚·索用丰沛的乳汁养大了孩子。她的部落人丁兴旺,鹿群生气勃勃,她的名字就是守护森林的敖鲁古雅的象征。

那天,本来准备到玛丽亚·索的部落去参观,但我却犹豫再三,终究未去。在我心里,其实已经见过她了。作家乌热尔图为玛丽亚·索拍的一张照片不止一次吸引住我的目光:白桦林里,老人穿着长袍,扎着头巾,侧身站在一头七叉犄角的驯鹿前,她微微佝偻着身子,皱巴巴的手抚过鹿柔细的皮毛、湿润的嘴角,鹿很欢喜地舔食着老人伸过来的苔藓,依偎在她的袍子下,那儿一定有着母亲的气息。这位伟大的母亲恬然生活在她的鹿群之中,我们这些陌生的外来人,怎敢轻易去打扰她的平静?

记得来到根河的头一天,一切都是新鲜的。晚餐之后,热情的根河人为我们备好了第二天进入森林的行装,那是一双齐小腿的帆布靴子,还有一顶养蜂人戴的帽子,说是为了防止一种叫作"草爬子"的飞虫叮咬。根河的朋友提示,说草爬子类似蚂蟥,叮住就不松口,会将半截身子扎在人肉里,只能拿烟熏，如果硬扯会断在肉里发炎，导致血液感染。

大家都很当回事，但走过几处山林，除了飞来飞去的瞎蠓围着人乱转，并没有遇到令人恐惧的草爬子。是人类退化了，还是环境变化了呢？或许原本这世界就是所有生物共同拥有的，人类占有太多，才引发虫的攻击？人一下车，蠓虫就围上来了，上车时也跟着，在车厢里狂舞，大家一阵乱扑，可只要车一开，它们就不见了。虽然车门紧闭，它们并没飞出去，但奇怪的是一会儿工夫就都不知躲到哪儿去了。

更有一种令人惊讶的奇观，公路旁，车前人后，白蝴蝶层层叠叠飞舞，就像盛开的花朵，好长好长一片！

山外的人远道去看山，原本住在山上的人却搬下了山。

前些年，生活在根河的大多数鄂温克人恋恋不舍地陆续告别了山林，将更多的空间留给了草木以及黑熊、狼、灰鼠和蝴蝶等昆虫，在离城市不远的一个地方，新建了童话般的村落。

我们去到那里时，从山林里搬出的鄂温克人正三三两两地在自家门前，干着一些零碎的活儿。男人穿着时尚的T恤和牛仔裤，女孩们烫了发，也有的挑染成黄的深红的，在阳光下格外惹眼，她们的裙子仍然长长的，跟老去的玛丽亚·索穿的一样，但却是城市里流行的花色，胸口有波浪似的蕾丝花边，眉毛精心描画过，越发显出鄂温克人有些突出的额头和凹下去的眼睛。

　　这里的房屋都是政府投资兴建的,咖色外墙,小尖顶,搬进来的一家家鄂温克人按照自己的想法装扮屋子,并盘算生计。我从那些敞开的门前慢慢走过,看窗户里垂下的花帘,摆放在门前的摩托车,挂在墙上的红辣椒,主人倚在门前,微笑点头。

　　鄂温克人热情好客,每当客人从远方来,全家都会出迎并行执手礼,老人们留给年轻人这样的教诲:"外来的人不会背着自己的房子,你出去也不会带着家。如果不热情招待客人,你出门也就没有人照顾你。有火的屋才有人进来,有枝的树才有鸟落。"鄂温克人祖祖辈辈形成了独特的生产生活方式,以及待人接物的传统习惯,他们称之为"敖敖尔",是族人自觉遵循的行为规范。

　　一处宽大的屋檐下,一辆童车里坐着个戴花帽的小女孩儿,粉团团的脸儿,对着人咯咯发笑。我张开双臂,她一点儿也不认生,两只胖乎乎的小手举得高高的,我一把将她抱在了怀里。母亲走过来,那是一个体态丰满的鄂温克少妇,她嫁给了一个山东汉族青年,一家三口住在这童话般的小屋里。门前的桦树皮牌子上写着"布丽娜鹿产品专卖店",屋子上下两层,楼下的玻璃柜里摆着鹿茸鹿酒、桦树皮做的小盒子小杯子什么的。山东青年看样子对这里的生活很满意，递过妻子的名片，说这里的鹿产品都是最纯正的，是直接从敖鲁古雅部落运来的。妻子在一旁颔首微笑。鄂温克人与外族人通婚是常见的事情，近些年显然更为普遍，他们的孩子取的是鄂温克名字，成为这新部落的新一代。

这座小城就叫了根河，在中国冷极之地，大兴安岭的腹地之中。六月的阳光将这个北国小城照耀得如火如荼，让人丝毫也无法与冬季零下五十多度联系起来。而一年之中的十二个月中，根河确实有九个月需要取暖。过去的岁月烧去的柴禾来自一片片消失的森林，而今烧煤，并有不少人迁往了外地。除了驯鹿的鄂温克人，在这里生活的根河人大都是几十年前从山东、辽宁、吉林等地迁徙而来的。

这里有过多年的繁忙，大兴安岭的木材源源不断从根河运往大江南北，贮木厂是小城最重要的企业，林业局林场可以说是小城的另一个名称。过往的一切留在了画册里，留在了几代人难以磨灭的记忆中。

眼下，伐木工变作了看林人，大家挂在口边的是"天保工程"——天然林资源保护工程。自1998年以来，大兴安岭木材砍伐逐年减量，现已减产到位，大批工人需要谋求新的职业和技能，他们制造压缩板材、可以装卸的小木屋，所有的努力在与以往告别，与未来接轨。根河人守着富饶的大兴安岭，但再也不能轻易动它一下，这需要足够的定力。

根河天亮得很早。我刚来的那天，半夜里就醒了，窗外明晃晃的，以为至少到了七点，一看表不过才三点多，反复几次，只得早早起床。走到窗前一看，根河就在眼前，河对面的广场上已经有许多人翩翩起舞，那么多的人，男女老少，似乎这个小城的人都聚集在此了。舞在前面的高手穿戴耀眼，红衫白裤、白手套、白帽子，仪仗队似的整齐好看，跟在后面的大队伍五颜六色，却也是招式分明。

清晨和夜晚，我在窗前看了好几回，根河水伴着音乐，伴着舞蹈，让人跃跃欲试。那天黄昏之后我忍不住踱过根河桥，进入舞者的欢乐之中。用不着有任何忐忑，谁也不会在意一个人的加入，大家都是这样笑着来又笑着去。在我身边的这些或高大丰满，或皮肤白皙的女人，有蒙古族、满族、达斡尔族、鄂伦春族、俄罗斯族，这从她们的穿戴和不时的言语中能觉察出来。我模仿着她们举手投足，扭动腰肢，想象着生活在此的种种愉悦。那是我度过的最为愉快的一天。

只有一个女子的舞蹈与众不同，我注意到她时，暮色已经降临，大批的人已在酣畅的运动之后纷纷散去，意犹未尽的还有一群人，她们伴随着一组民歌风的乐曲再次起舞。这女子却

/ 根河之恋 /

独自在一旁,仿佛只有音乐与她牵着一条线,她单薄的身体像一张弓,时而弯曲时而挺直,她随心所欲,两只手臂狂放不羁,在越来越浓的夜色中千变万化,就像六月根河那些黑色的带着神秘色彩的波涛,时而柔情时而迅猛。我从没在舞台之外的场合见到如此专注的独舞,或者她并不是为了舞蹈而只是一种宣泄。她在诉说什么呢,这个让我看不清模样的女人?

乐曲从"草原上的卓玛"到"哥哥门前一条弯弯的河",再到"土家人的龙船调",我在中国最北端的小城里,听到了来自三峡的"妹妹要过河,哪个来推我?"这女人,用力划动着手臂,似乎她就要过河,她伏下肩膀又昂起头,跺着脚,用尽了全身气力。她是妻子,是母亲,她心中的大河一定交织着千般的喜悦与苦痛,还有希冀啊。这个根河的女人,让我忍不住热泪盈眶。

我转身离去,根河就在身边。大桥上的灯光将河水映照得流光溢彩,我知道我来过了,却远远抵达不了这河的深奥,我只能记住这些人和这些时光。

这些缓缓流淌的让人眷念的时光。

黎明穿过岗巴拉山口

头一天,我们从拉萨来到日喀则,是在炽热的阳光之下,田野里铺满略带浅黄的青稞,还有怒放的油菜花,山岗苍翠,哪怕是在接近五千多米的岗巴拉山口,山顶是终年不化的冰雪,但车缓缓行驶不久,便又见到被绿色覆盖的山峦了。因此,去往日喀则的一路印象是温黄、平和的,有高原浑厚的阳光,以及墨绿与深红,那是沿途穿着藏袍的女人和孩子点染的色彩。

但车开进日喀则市区时,天色逐渐暗下来,一场颇有南方味道的细雨,就在这时淅淅沥沥地飘洒开了。

一时间,街上的房屋也由明黄改变了色调,有了暗暗的水墨之色。汹涌的雅鲁藏布江与年楚河在日喀则交汇,难怪这高原之城氤氲着水气。吃过晚饭之后,天已全黑了,我们走上街头,雨还在不停地下着,地面上一汪汪水,头发不一会儿也湿了,但我们仍在雨中走了一阵。

转过两个街角,几家小店亮着灯,甜茶馆、面包店、藏餐厅、再往前仍然是闪烁的灯火,不知还有多远。这座具有五百年历史的高原古城,在17世纪中叶,固始汗帮助五世达赖喇嘛(阿旺罗桑嘉措)消灭藏巴汗后,四世班禅驻锡扎什伦布寺,自此开始了由清朝中央政府管辖下的班禅活佛地方统治,成为后藏的政教中心,也是历代班禅的驻锡之地,被誉为"最美好的庄园"。但在这个雨中的夜晚,古城却让人一时看不清模样,只有带着些遗憾回到了宾馆。

人说:在西藏,风景都在路上。我们在日喀则市区的停留只有半天,第二天凌晨便要出发回到拉萨,大巴车司机声色俱厉地再三强调要早走,他说翻越岗巴拉山的这条路上会堵车。虽然大家都很想天亮之后好好看一眼这座城市,但是都被司机的严厉镇住了,最后商定凌晨四点半起床,五点开车。实际上，人在旅途，都不会睡得太安稳，还没等约定叫醒的时间，大家都纷纷拉着行李走出了房门，坐到车上时，四周还是一片漆黑。

司机打开车灯，密密的雨丝在光晕里箭似的落下，他咕哝着骂了一句，说天气很糟糕。

车在清冷的雨中缓缓驶出了日喀则，行驶在一条平坦的大道上，车上的人都打起了盹。四周仍然什么都看不清，但我记得昨天走过的路，大概是在江孜境内，从一片广阔的田野中穿过，道路两旁是一排排粗壮密集的树林。田野中央有一座非常有名的帕拉老庄园，庄园几代主人的传奇故事在中国、印度和尼泊尔之间流传。

又走了一段，只觉碎石路开始有了上坡，车胎磨得咔嚓咔嚓直响，车速明显地慢了下来。过了一会儿，突然感觉空气中有了异样的清新，"下雪了！"谁在车上惊呼了一声，打盹的人一个个都惊醒过来，跟着叫："哦！下雪了！"

正是8月盛夏，白天都穿着单衣和裙子，即使有风，也一阵热过一阵，昨天在扎什伦布寺前，午间的阳光照得人浑身滚烫，而此刻在岗巴拉山路上，竟然雪花满天，这是盛夏的雪呵。

黎明前的黑暗悄然淡去，天际一片朦胧，只见大朵小朵的雪花在空中狂舞，它们像一个个头戴水晶花帽的天使，无比自由地上下旋转，飞来飞去；又像布达拉宫悠然升起的桑烟，飘浮着散开，茫茫无际。不时，有一些雪花飞到透明的车窗前，轻轻碰一下，然后又翩翩飞翔起来，临近又远去。我盯着雪花的飞舞，似乎感觉出它们在无言的微笑，就像一个神秘的寓言。我琢磨着，但解不出答案。

就在这时，岗巴拉雪山出现了。

清淡的晨光之中，雪山巍峨的轮廓像一位渐渐走近的巨人，但即使我们极力地仰起头，也难以从车窗里看到他的全貌。只有当我们一点点往前挪动之时，看见他顶天立地的腿柱，无比威严。他所支撑的，已然是天地间一座巨大的圣殿。

我们昨日来时其实已从岗巴拉山口经过，知道这山位于西藏山南地区浪卡子县和贡嘎县之间，山口海拔达 4990 米。但那时没有下雪，炫目的阳光下，我们只注意到了在岗巴拉的怀抱里，那座美丽的羊卓雍错湖。那湖水是一种深深的碧绿，纯厚洁净得如同藏族的少女。是的，羊卓雍错一定是阳光和雪山的女儿，她安静地平卧在山岗下，几乎一动不动地等待着什么。那时我毫无意会，但在这个黎明，在威风凛凛的岗巴拉山口，我突然明白，羊卓雍错湖的一切情意，都来自这座雪山啊。

都是因为这座俊朗挺拔的雪山啊。

但眼前,围绕着他的云雾越来越浓了,层层叠叠,呼啸翻卷,像是一道道既厚重又薄透的帷幕,想遮住他高贵的面孔;又像是一层层既坚硬又柔软的盔甲,包裹着勇士的身躯,为他抵挡住世俗的尘埃。昨日匆匆一瞥,以为岗巴拉只是道旁的村夫,今日飞雪下,才知道他是上天的骄子。曾经青翠的山峰此刻全在银装素裹之中,一派冰清玉洁,凛然不可侵犯。

我们的车越来越慢了,慢得像爬行的蜗牛,终于"嘎吱"一声,停在了漫天大雪里。司机伏在方向盘上沉默不语,脸色铁青。

有人小心地问:"师傅,怎么了?"

他半天才开口,"我说糟糕嘛!你们看看,怎么开?"

雪已经将前方的路完全掩埋,根本看不清道路的痕迹,在这山口里,此刻是风雪的盛宴,鸟儿不曾飞过,雪豹也藏进了洞里,我们是唯一的行人。"要么,等雪停了我们再走?"有人说。

"那就把我们都冻死在山上么?"司机咬牙切齿地说,"结了冰,就更没有办法走了。"他大概自己也想明白了没有退路,轰地踩了一脚油门。

坐在车上的人,都忍不住一声惊叫。

谁也没想到会在岗巴拉山口遇上这一场大雪。这个早来的黎明,如此陌生和严峻。从山口穿过之后的路一边紧贴着峭壁,一边是深渊,螺旋似沿着山脊盘旋,连续的陡坡和急弯。在越下越大的雪雾中,车头前方两三米全是白蒙蒙一片。

车上所有的人早已不再高声言语,起初还小心翼翼地发出一两声简短的惊叹,"啊!啊!"后来整个车厢如冰冻一般沉默,仅能听见彼此的呼吸,甚至坐直了,连呼吸也不敢用力,似乎一用力就会增加行车的危险。

我凝视着车窗外,眼眶突然发热——岗巴拉,你让我感到真正的敬畏!

上天播撒的雪花与我们一路同行,弥漫着最纯净的亘古的气息。我想对你说,人类进入这样的环境,或许本来就是一种冒犯,如果在此之前,我向往喜爱雪山,而此时心中只剩下敬畏。

走近他反倒觉得陌生了,原来雪山并非人们想象中的乐园,而是无比的神圣。岗巴拉,他和他的兄弟雪山显然都是天神的化身,担当上天与地球最直接的连接。

我们在他的臂膀间穿行,怎能不感到自身的渺小。

时间仿佛在这个黎明凝固了,不知道过了多久,仿佛是一生。我愿意更慢一些,让我能听懂雪花的声音,那个未曾得到答案的寓言，究竟哪里是开头和结尾？

　　司机也早已不再抱怨，他和他的乘客不知从哪一刻起，已在无言的交流中心心相印，仿佛成了相知多年的老友。这个脾气火爆的男人动作变得轻柔起来，就在大巴车缓缓行走的一个瞬间，前方突然出现了一个黑点，继而三三两两，原来是一群牦牛，黑缎子般的长长毛发，弯弯的牛角，它们昂首站立在洁白的雪地上，这些与人亲近的高原动物，让我们一下子意识到从天际回到了人间。

　　再往前行，一片绿色的树林扑入了眼帘，八月飞雪，就在这一刻戛然而止。天真正的亮了，高原的阳光炽热地射进车窗，回首望去，岗巴拉山口仍在云雾中，他庄严地俯视着山下，牦牛、绿树和我们。

鱼在高原

那鱼儿裸着身子,从青海湖的深处向通往大河的河口集结。

是的。它光溜溜的,近似纺锤的身子裸露着,几乎无一鳞片,连鱼儿的嘴两旁该有的长须,那在水里可以飘动摇荡的须都没有。为了在这高原上生存,它除了留下背部的颜色,朴素的与这泥土相近的黄褐色,或者更为低调的灰褐色,这鱼儿它把自己身体外在的华美全都舍去了。

原本是有鳞的。在很久很久以前，它的祖先黄河鲤鱼在青海湖与流向黄河的倒淌河之间游动的时候，曾披甲戴冠，浑身都为金灿灿的鳞甲。但天地造化，十三万年前青藏高原山摇地动，青海湖四周隆起了一座座守护神似的大山，将这湖变成了闭塞湖。湖水莫名地日渐咸涩，不能适应的生物一个个无奈地渐行渐远，而唯有黄河鲤鱼却留恋着这片高原。它在与带着苦涩的湖水不断摩擦中，听懂了湖水的低语。人类不知道它们说了些什么，那些谜一般的语言只限于它们之间，但人类知道，这鱼儿从那以后决绝地退去了身上的鳞片，就这样毫无防备地袒露着，将自己裸着身子融入了高原大湖。

它成为这片高原蓝宝石的宠儿，青海湖独有的鱼类。它的名字就叫青海湖裸鲤。其中含有的庄重和赤诚，不得轻易狎昵，所以当人们亲昵随意地想起它时，又会叫它湟鱼。

"水中绕有鱼类，色黄无鳞……"清朝乾隆年间的《西宁府新志》中已有关于它的记载。水是指的青海湖，藏语"措温布"——这片青色的海，中国最大的内陆湖，在巍峨的祁连山脉的大通山、日月山与南山的环抱之中，浩瀚的水面达 4625.6 平方公里。碧蓝的水呵，看上去深不可测，神秘而又天真。在数千年不胫而走的中国古代昆仑神话中，这湖便是西王母，也就是王母娘娘的瑶池，每年农历六月六，西王母为宴请各路神仙所设的蟠桃盛会,便是在这湖畔张罗的。

裸鲤的岁月,也就是昆仑神话的岁月。

它从远古活到了今天,比人类更懂得青海湖。高原的阳光对湖水的抚爱随春秋四季时近时远,水的情绪和温度也随之凉热,裸鲤感知这一切。它是高原的鱼,它不畏惧寒冷,春秋之时,它喜欢栖息于滩边、大石堆间的流水缓慢处、深潭或岩缝中,冬季则潜入湖水深处,安静地度过好几个月的冰冻期。

它丢弃了祖先的鳞甲,但没有丢弃祖先既能在咸水中生存,也能在淡水中生存的本领;没有丢弃祖先遗传每到初夏来临,便会向河流洄游,去产卵孵化下一代的繁衍之道。

现在已是初夏时节,高原的严寒早已过去,通往青海湖的布哈河、沙柳河、乌哈阿兰河,还有哈尔盖河、泉吉河两岸,艳若云霞的沙柳花也都已盛开,一丛丛粉嘟嘟的,装点着高原的浪漫。一年一度的裸鲤,也就是湟鱼的洄游季也就到来了。

眼见一条条鱼儿游向河口,它们按照祖先的指令,在相同的时间,从不同的水面游了过来。很快,数以百万计的湟鱼集结在那一条条大河的河口,准备开始它们长途跋涉的生命之旅。

那真是自然界的奇观。人类至今没有破译它们之间传递信息的密码,不仅是对这裸鲤和其他的鱼儿,还有天上飞的,陆地上行走的，就如前些时从云南西双版纳出行的野象群，它们的行为是受到怎样的指引，又是如何精准地抵达一个个目的地？都让人费解。十五头野象的北移南归将成为人们不断探究的课题，而这高原青海湖的裸鲤每年春夏之交的洄游，也始终让人们惊叹称奇不已。

这湖的四周有七十余条大小河流，源源不断地将河水注入湖中，裸鲤们密密麻麻地聚集在几条大的河流入口，规模和数量绝对超过人类任何一次大的集会。纷纷前来的鱼儿们，在最初的等待之后，越来越多，远远看去，碧蓝的湖水变成了一片似乎正在翻耕的起伏不平的黄土地。

有那血气方刚的鱼儿一直在跃跃欲试，按捺不住地翻跳，但一切都在忙而不乱之中，终于等到了出发的号令，不知首领是谁，也不知如何确定的那一时刻，只见领头的鱼儿突然纵身跳进逆向而来的河流，众鱼儿立刻跟着一涌而上。

洄游的鱼儿并不是裸鲤的全部，它们只是湖内的产卵亲鱼，且不光是已经长大成鱼，可以做鱼妈妈鱼爸爸，腹部的鳍还必须变硬，具有逆流而上的能力、身体强壮的裸鲤才能从大湖进入淡水河，成群结队地去往它们世代相传的产卵圣地。因此，从上路的那一刻，鱼儿就怀着生命的孕育和希望，事关重大而义无反顾，又小心翼翼。

/ 鱼在高原 /

一开始游得不慌不忙，免不了有一点游山玩水的好奇，但紧接着，逆水而行激发起奋进的力量，让鱼儿们兴奋起来，随之便出现了争先恐后，到了河的窄狭处，更顾不得礼让，叠罗汉似的堆在一起，谁都不甘示弱。河道这时候也只能敞开胸怀，任由鱼儿占领，鱼成了一股逆向而行滚滚向前的洪流，裸鲤背部的黄褐色将河水涂抹成了一块浮动的画布。

我愿意跟着鱼儿一起前行，在这向往生命的路途上，虽然要经受无数的磨难，但鱼儿和人一样，总会对未来心怀憧憬。

你看，有时候，这裸鲤们顶着翻滚的浪花齐头并进，在湍流之中如万箭齐发；有时候训练有素地排成纵队，穿过河床里突起的嶙峋怪石；有时候，它们也会寻找河水平缓的浅滩歇息一阵，养精蓄锐之后再冲进迎面而来的激流。

不过这些都算平常，还有很多突然降临的灾难让鱼儿们猝不及防。

说着，暴风雨就来了！高原的风雨自有个性，不似江南的风雨时常降临，淅淅沥沥，也不似海边的风雨狂呼海啸之后，瞬间又是彩虹，高原的风雨中藏有坚毅和豪迈，是隐忍多时才会倾泻的酣畅，不来时山河安好，来时则天公咆哮，万马奔腾，片刻间山洪突起河水猛涨，流速迅疾如摧枯拉朽之势。可叹逆水而行的鱼儿们，多在尚未明白的一瞬间，就被巨龙似的洪水冲得晕头转向,七零八落地倒退十余里,有的则奄奄一息。

对于幸存者来说,好不容易继续上路,但前方却有更大的威胁。就在那些高地或阶梯式的河道旁,棕头鸥、鱼鸥、鸬鹚等成群的鸟儿早已守候。裸鲤是它们最爱的美食,每当裸鲤洄游的季节,也是鸟儿狂欢的季节,它们守在河边,就像守在高原专为它们打造的餐桌前,毫不费劲地可以随时享用,并把食物带回给巢里的儿女。

鱼儿游到此处,别无选择,只能硬着头皮往上跳。有的河坎高过一米,只有极少体力超群且又有往年洄游经验的鱼儿能够一次跳过,大多数鱼儿一次不行跳两次,一连好几次都跳不过去。而就在它们跟前,那些占据优势的鸟儿看似平静地冷眼旁观,一动不动地站着,可猛不丁会俯冲下来,伸过铁钩子一样的长嘴,毫不客气地逮住一条鱼儿,一口吞下。

整个过程如闪电一般。

死亡的阴影就那样笼罩在头上,拥挤在高坎下的鱼儿,不知道下一个会轮到谁。

即使这样,也没有一条鱼儿后退。

它们仍然一边鼓足勇气,拼尽全力要跳过高坎,哪怕一次次失败也绝不放弃,当然同时得一边尽量闪避那些觊觎它们的鸟儿。但鱼儿知道,面对这些天敌,牺牲总是难免的。从它们的祖先那里,鱼和鸟儿,还有这水,都是息息相关地连在一起。养活鱼儿的吃食主要来源于飞翔的鸟儿造化于水中的微生物、浮游物,鸟儿少了,鱼儿们的供养也就少了。

高原奇特的生态循环便是如此,鸟多的时候鱼儿多,鸟儿少了鱼儿也会少,鱼鸟共生,相克相依。

接下来,一道出行的同伴还会不断消失,它们有的在途中精疲力尽,有的为了保持身体的敏捷而少吃甚至不吃食物,最后身衰气绝。不得不面对的残酷现象是,经过上百公里顶着风浪的跋涉之后,能顺利到达产卵的河道或湿地,留有余力繁殖后代的鱼儿,仅仅只是出发时的十分之一。

悲壮的裸鲤洄游,不惜牺牲生命的为了生命而去,这聪明的鱼儿、敢于舍生忘死的鱼儿,千百年以来,就这样勇敢地延续着族群。

在它们之中,终于有裸鲤抵达了孕育之地。

那是温暖的河,布哈河、沙柳河、泉吉河的不同河段,水流变得浅而平缓,有些近乎湿地,水底是细而软的泥沙,雄鱼顾不得一路辛劳,先用尾鳍扫出一个个摇篮似的小坑,准备迎接雌鱼的排卵。一条健壮母鱼的产卵量是惊人的,少则几千,多则会达一万六千颗左右,长途逆水而行还会刺激鱼儿性腺的发育,洄游越远的鱼儿怀有越多的未来。在雄鱼扫出的每一个坑里,通常都会安放一百多个鱼卵,细心地排列过去,等候着新生儿的降临。

但裸鲤却是十分金贵的,几天之后,在那些数量可观的鱼卵中,最终能活泼泼地破膜而出的鱼苗,可谓千里挑一。而且,刚面世的鱼苗是那么弱小,也不怎么会游动,先是以母体带来的营养维持生命,然后等待水流中有食物漂过嘴边,如果能顺利地吃到一口,就有了活下去的可能。

但很多时候没有那么凑巧。

反倒是无数的危机潜藏在小鱼儿身边,所以从鱼卵长成小裸鲤,生与死几乎无时不在较量,顺利活下来的只是万分之一。你不得不承认,生命的确来之不易。

然而,总归有一些鱼儿会得到大自然的恩赐,侥幸而又必然地活了下来,它们在鱼爸爸和鱼妈妈的陪伴下,在出生地度过不算漫长的夏天,然后就要打算启程回家了。

回到青海湖,那个辽阔深邃、自由自在的家园。

21世纪的青海湖,对于裸鲤来说,几乎就是祖先曾经感受过的天堂,这里的天空只有云朵和鸟儿飞来飞去,这里的湖面也只有阳光和风雨的光临,没有人的捕捞和惊吓,那些祖祖辈辈在这湖上打渔的人们都收起了渔网、钢叉,放飞了鱼鹰,投放在裸鲤身上的目光变得慈祥了。

曾经，在20世纪饥饿的年代里，裸鲤救了无数人的命，但随着过度的捕捞，湖里的鱼儿越来越少，引起了人们的高度警觉。专家们认为，青海湖是维系青藏高原生态安全的重要水体，被称为我国西北部的气候调节器和空气加湿器，而裸鲤的数量锐减，"水—鱼—鸟—草地"的良性循环直接受到损害，使得周边生态环境持续恶化。事不宜迟，在随后颁布的一系列国家法令里，逐渐加大了对裸鲤的保护，将它列为国家二级保护动物。在2004年《中国物种红色名录》中，裸鲤更是被列为濒危珍稀物种。

人们说，青海湖的湟鱼，鸟能吃，人不能吃。

半个多世纪以来，青海湖共实施了五次封湖育鱼行动，2021年开始的第六次封湖育鱼，将实施零捕捞政策，直至2030年。随着对裸鲤的保护，青海湖的生态得以修复，持续向好，湖面持续增大，裸鲤的数量比保护初期时增长了三十几倍。

环湖地区居住着的汉族、藏族、蒙古族等不同民族，是保护湖水和裸鲤的生态卫士。他们每年都要祭祀青海湖，这流传千年的习俗，表达了对天地、山川、湖泊的感激和敬畏，与自然万物和谐共处的心愿，为国家级非物质文化遗产。近年来，当地民众在祭祀细节上变换了方式,过去"祭海"时,是在瓷制宝瓶里装五色粮食抛到青海湖里,而现在为了保护这一方净水,他们用酥油糌粑手工捏成了宝瓶,用来"祭海",为的是既不污染环境,还可以给裸鲤添一些食物。

人与鱼儿,与青海湖共存。

小裸鲤回家的路,是它生命中第一次远行,它随着鱼爸爸鱼妈妈顺流而下,一路飞奔,浪花四溅,轻松而愉快。不久,它就嗅到了大湖带着咸涩的味道,是那样粗犷新鲜,它好奇极了,也向往极了。在前辈们的叙述中,小裸鲤已经知道那是它们真正的家园,无论出生在哪条河里,最终都会回到那片蓝色的大湖,如海一般的大湖。

在那个宽广的大家园里,小裸鲤将自在地遨游,快活地成长,四年以后,它也会像前辈们一样,在一个初夏的季节游向河口,逆水而上,去创造新的生命。

鱼在高原,在这天地间没有帷幕的舞台上,生命如戏剧般进行,悲欢离合,绵绵不绝,一幕幕起落不止。

莲由心生

夏日渐远,但莲香犹存,仿佛传递着某种声音,轻轻的,与人耳语。莲从来不事铺张,总是悄然开放,淡定地摇曳,从容地结果,苏东坡一语道尽:"天然地,别是风流标格。"

红香一点青风,莲的芳香其实不论季节,皆因莲由心生。

这个夏天,因为不时想起东莞的观音山,而心中莲花盛开。

一座山因观音而得名,是自然的启示,也是人的觉悟。观

莲由心生

/ 莲由心生 /

音山在东莞樟木头，方圆数十里，虽然与现代化的城市相邻，却是远离尘埃，独有自在风景，吸引着或近或远的人。

未去观音山之前，先到过几次东莞，在人们的传说里，这个以加工业吸引了无数打工者的城市年轻而又浮躁，想象中是喧哗、杂乱的。但踏进这座城市之后却有些意外，见到的是宽敞明亮的街道，空气中散发着花香，小孩子在绿荫下奔跑，老人神色悠闲。

当然，东莞就是一座年轻的城市，街上行走更多的是二十来岁的姑娘、小伙，脸上写着朴实、稚气和憧憬，都说普通话，又都带着家乡的方言；他们从乡村山寨走到这里，被城市的风拂去了身上的乡土，一个个衣着时尚简约，已然有了城市人的种种味道。

城市打扮了无数来自乡村的青年，这些青年又以他们的汗水打扮了一座座迅速崛起的城市——中国大地上，在许多年里，就是这样变化着。

在东莞，有一道年轻人上下班的风景，这座城市被人叫作"世界工厂"。你看，在通往厂房与车间的大道上，人流滚滚，波涛汹涌，他们迈着肌肉饱满的长腿，甩着胳膊，掀起一股逼人的气浪，那是热血在身体里的流动，是薄薄的皮肤下滚烫的河。一时间，似乎所有认识和不认识的，那些高山、大河边，

035

村落里的年轻人都涌到这里来了。

我知道,在他们中间有一个人终于有了一双筷子。他开始在这座城市的边缘,付不起房租,让自己饿了三天,然后去一个工地搬砖。到吃饭的时候,别人都有饭碗和勺子,但他没有,他还没有钱买,于是他背过人躲到工棚里,用自己的牙刷柄狼吞虎咽地扒下了那碗饭。

这是十多年前的事了,现在他是一个技术熟练的工人,他握实了自己的饭碗以及筷子和勺,还买了房,哪怕有点小,但已足够他和妻儿安放一个家,他俨然已是东莞人了。

我还知道,有一个人初踏进这南方城市时,不知道路该怎么走,连问路都张不开口,又退回车站候车室,在长凳上蜷了一夜。后来他一边读书一边打工,他从小就爱读书,背包里除了一件换洗的T恤就是几本翻烂了的书,终于有一位老板发现了他的文笔,让他做了自己的助理。他干得很卖力,换来衣食无忧,有了一份体面的生活,但他最爱的却是扫下的落叶被拢在一堆点燃的烟味,他说那有些像老家的炊烟,大山里烧惯了柴禾,枯枝败叶入灶,出来的就是这种味道。

这些人,都在那汹涌的大道上,走路带着弹跳的鼓点,勇往直前势不可挡的样子。他们这一代,从乡村人变为了城市人,把乡愁说给儿女听。而他们的孩子从幼儿园里出来,吵着

/ 莲由心生 /

要吃冰激凌，虽然劝说不如好好吃饭，土豆红薯多香啊，但小孩子不听这一套，他们的味蕾已是城市的味蕾。

跟年轻人一样年轻的城市。东莞就是刚过了三十而立的年龄，它常常遭遇诟病，众所周知，有一些难以启齿的事情总在发生，这是一座荷尔蒙旺盛的城市，跟它的年龄有关。然而，它并不是都在机器轰鸣的包围之中，也不是每一处都藏匿着红灯，那些红是它的伤口。你仍然可以从街道旁的青翠感觉出它的优雅，树丛中，不时会响起鸟儿的啼鸣，甚至还能见到小小的它一翅掠过，落在草坪上低头觅食，可爱的小嘴东一下西一下，见了人也不惊慌，只是飞起来，不高不低地站在枝头，与人平视。

而且，东莞还有一座观音山。

距离城市那么近，深圳、广州、东莞，都在它的周围，这山好像就是为了今天而生的，亿万年前到现在，它一直被称作"南天圣地，百粤秘境"。在现代化的工业、科技形成一片片水泥森林的旁边，它兀自生长和繁衍着桫椤、银杉、榕树以及近千种野生植物，还有与之相伴的金猫、穿山甲、猕猴和白鹇等三百余种野生动物，森林覆盖率达 90% 以上。就像鸟儿与人的对视一样，观音山与现代化的城市遥遥相对，近年来，被列为国家森林公园，越来越多的人走近它。

走近它，是因为观音坐莲，莲由心生。

相传此山为观世音菩萨初入中土时的停留之地，山顶自唐代以来建有古寺，供奉大慈大悲观世音，并有幻化三十六法身之说，千年香火不断。

观音在西方极乐世界里引渡众生，在尘世中专司教化、救苦救难，早期形象为男性，但自西域传到中国之后，渐渐化为身披白衣、手捧甘露的女性，深得中国人喜爱，凝聚了人们的衷情期待。因地域的不同有"水月观音""白衣观音""鱼篮观音""南海观音""观音老母"的称谓；或手提鱼篮，或怀抱婴儿、端坐莲台，从古至今化为佛门及乡土经典，而所谓佛在心中，最美的观音就在人的心里。

人们常常叹息，在现代化带来目不暇接的物质享受的同时，却时时惶惑于精神的匮乏。传统文化不断消失，或被解构，贪婪如一个个深藏的陷阱，吞噬着人们的良心。人生脚步匆匆，追赶金钱和利益，却放弃了平常的幸福和内心的修为，待到终了如一梦，方知皆是过眼烟云。人与人之间最远的距离，不是你不在我身边，而是我们面对面，心却相隔遥远，远到不可探测的天边。

这并非某一个人的感受，而是当代人的无奈，太多的疲惫，纠结烦恼，紧张焦虑，以致身心交瘁，茫然无措，不知幸福在哪里？栖息之地在哪里？

于是便去观音山。

曾经的荒山，在一些寻找心灵出路的人执着追求之下，得以维护，保持了灵性，这是自然的启示，也是人的觉悟。在山的静谧之处，有风吹过，飘诵着佛的声音："观自在菩萨，行深般若波罗蜜多时，照见五蕴皆空，度一切苦厄。""般若"即智慧，"波罗"为彼岸，人与自然融为一体，自然之中感悟人生，朝着梦想的彼岸。

从都市来到观音山的丛林里，是要行走的，抛却身外之物，去聆听天地之间的无数细语：有风声，有雨的嘀嗒，有鸟儿清晨的第一声婉转，有树叶沙沙的对话，有小蛇的滑动，有竹节向上的奔拔。还有水，无穷变化的水，哗哗的，潺潺的，叮叮当当的，大珠小珠落玉盘……无论白天黑夜，你会感到都在那端坐莲台的观世音慈祥目光里，宇宙间所有的生命，高山流水，花草树木，飞鸟虫兽，都有生命的形态和理由，在目前看来，唯有蓝色的地球能为生命提供存活的空间，所有的生灵何不相互怜惜，相互依存？

因此为舍弃，为感恩，为奉献，为天下人祈福，为度一切苦厄，莲花入心，朵朵盛开。如此一路，纠结已如沙砾留在走过的道上，解开身上的枷锁，才知枷锁原本即不存在，只是心中有它便有，心中无便会通体轻松，回到本真。

如果说东莞是一个务实的鲜活的年轻城市，那么与它相近的观音山则应是一座空灵的慈悲的山，二者心心相印。

灵山梵音

一条鱼儿的回眸

常吃宁波的汤圆,以为宁波的滋味是甜的,去到象山之后,才知道宁波更多的滋味带着咸湿——那是由无边无际的海风吹来的。东海边的宁波象山县,被八百多公里的海岸线所环绕,撒开来的,还有608个珍珠似的岛屿。

六月里,古老的象山石浦镇上人头攒动,锣鼓齐鸣,人们在欢度海钓节。我对海钓是陌生的,比如摆在眼前的海鲜,虽然听了主人的热情讲解,在我眼里还是只有鱼和贝壳之分,但还是去金沙湾海钓了一回。

　　金沙湾是一个草木葱郁的小岛，从石浦坐着船儿，半个多小时就到了。上了岛行一二里山路，走过一片浅黄色的沙滩，脚下的沙子由粗到细，似乎暗示沙的由来，如何从石头到细小的沙粒。岛上的岩石都是火山岩，暗红色，曾经受过烈火的淬炼，从山顶下来由大变小，不觉间变做粗粝的沙子，就像砸碎的豆壳似的，好生硌脚。但走着走着，沙子逐渐柔软起来，绵绵的，无孔不入地挤进人的脚趾。

　　脱了鞋，提溜着，痒痒地走向大海，一不小心就打湿了裤角，看着海水很浅，但突然哗的打来一排大浪，落地一片惊叫，衣裤大半都湿了，忍不住笑起来，是那种在城市里不会有的大声的笑，然后朝着海的那边，很远很远的海那边，大喊一声："哎——！"

　　用了最大的力气，但一张口，声音就飞了，随着海风，呼的一下就飞得没影了。

　　一丛紫红的礁石旁，一个穿迷彩服的小伙子说这里会有鱼。他将几管渔竿的线逐一理好，然后穿上鱼饵，一根渔竿差不多要挂上四个肥厚的诱饵，然后拎着鱼线一个大转身，挥臂一抛，亮闪闪的渔线被抛出几十米外的海面上。我们跟着小伙子学了半天，也将渔线抛了出去，然后握着渔竿，静候鱼儿上钩。

附近有一些象山来的女孩子,在礁石丛中挖贝壳,说是可以吃的,非常新鲜,滋味跟鲍鱼差不多。但小小的贝壳懂得保护自己,只要遇到一点触动,马上生死不渝地紧紧贴在岩石上,就凭女士的纤纤细指,根本奈何不得。她们显然不是专业人士,工具就是随身的钥匙,一边撬一边嚷:"很紧的呢!"

一会儿弄下来一个,欢声笑声一片。钓鱼的人被她们逗得心猿意马,恨不得丢了渔竿也去礁石那边撬去,难怪人说钓鱼是需要耐心的,更要有定力。

海风不停地吹着,但只是微微的风,送来深海洁净的气息,在这东海之畔,让人的身心通透,渐渐气定神闲。突然感到手上微微一颤,不由暗喜,一边嚷起来:"上钩了?"

却恰似喊狼来了,并无人理会。

之前已叫过几次,收上线来却只是一排空钩摇晃,鱼饵倒被吃得利落,却不见鱼上钩。这次确实有些不同,细碎的酥酥颤动,连续不断。便学着人家的样子往上收线,收着收着拉扯不动了,一看卡在了礁石缝里。

想使劲,又怕拉断,正有些不知所措,那位穿迷彩服的小伙子从一处高耸的礁石上跳过来,如履平地,又几步蹿到卡线的石缝旁,将鱼钩从海水里提了起来。我伸长脖子一看,一下子笑起来,原来是条一拃长的小黄鱼。

小虽小,却是这次海钓的唯一收获,大家如获至宝地围着它。我蹲下来捧起这条小鱼,一只细而尖利的圆钩戳在它的腮里,我小心地给它取下,鱼儿突然咕咕地叫起来。

咕,咕,我从未如此近的听见一条鱼儿的鸣叫,它小小的的身体就在我的掌心里,鱼身好几处鳞片都掉了,露出白嫩的肚皮,它扭动着,拼命地张着嘴,像是使出了最大的气力:咕——咕!

就跟先前,我们迎着海风的呼喊一样,也是使出了全身气力。

我来不及猜想它是怎么游荡着来到这片海水里的,一定是闻到了鱼饵的气味,它那么小,即使长大了,又有几个能抵挡得住诱惑呢?当它将那美味一口吞下的时候,异样的刺痛一定让它立即魂飞魄散。

它哀叫着,我说放了它,放了它。

有人说,放了它也会死的。

那更要放了它。

我用力将小鱼儿抛向海水,它落在水面上,果然漂浮着一动也不动。正在叹息之时,水面上的小鱼儿却转动起来,仰着的身子一扭翻将过去,瞬间就灵活了,它在海面上打了个转身,朝海滩回眸一看,然后尾巴一摆,嗖地钻入了海水。

再也看不见了。

我心里涌起一阵异样的欣喜。

在宁波象山的海边,在一个海钓的日子,我认识了一条鱼。它回眸相望翩然而去的身影活灵活现,我时常回想起它摇动尾巴的情形,希望它能长大,游向更深的海洋。

人在喧闹的都市里,不停地忙活着,藏在心底的许多愿望像埋在石头里的草芽,拱动着却出不来。

我原在京城的居所楼下,是露天公园,白天有人行走嬉戏,晚上则有更多的人载歌载舞,耳边仿佛有一部城市交响乐在昼夜不停地奏响,车流声和再远些的轻轨列车的轰鸣组成低声部,突然作响的工地电锤声和开掘机哐当的巨响则是打击乐。狂欢的城市气息像是吃不完的生日蛋糕,最初感觉是好味道,时间一长就变了味儿。

来到大海边,会发现矗立的楼群不再显得高傲,海鸥掠过高楼亲近水面的倒影,沙滩尽头的青草自由生长,一派率真的模样,绿色的茎叶竟伸到了灰色的公路上,间或开着色彩绚丽的小花,一路装点了去。

夜里一片寂静,大海洗过的金沙滩安然入眠,那种豁亮透彻的静,但到了半夜,轻轻地有了声响,仿佛小溪水从乱石中淌过，秀气得唯恐吵了沉思的绿树，漫延至岸边，抚摸着小草，小草随之点头不止，染得一片碧绿。

我在梦中恍惚闻到这小溪的味道，清凉如绸，含着青草和泥土的鲜腥。然而，后来的声响却比溪水的流淌越加细碎，温柔中带着一股执拗，切切嘈嘈，齐心协力地毫不间断，有些不管不顾。

不禁从梦中醒来，看窗前的一地月白却是湿漉漉的，树梢上滚落下一串串水珠，原来是下雨了。

在这大海边，一时除了雨声还是雨声。

先前梦中的小溪却是我三峡的小溪，在那遥远的千里之外，这里却只有海，敞着胸怀，将雨抱了去。

第二日坐在海边，雨后的滩头草长蝶飞，低头见脚边一群小黑蚁忙碌着生计，跌跌撞撞的，扛的扛、搬的搬，拥挤着在洞口进进出出。看它们，就像在看一部大制作的电影，人跟蚂蚁相比，或许就是至高无上的天神，但其实与蚁的处境有许多相仿，只是常常对自己的卑微可笑不觉醒而已。

金银沙

有一个传说留在了鄂尔多斯高原。

张果老骑着毛驴西行到鄂尔多斯,鲁班正在那黄河边上造桥。张果老问能不能过。鲁班说,怎么不能过呢?

张果老说,恐怕我的口袋有点儿重。他说着倒骑毛驴上了桥。谁曾想毛驴一抬腿上桥,桥就歪了。

鲁班眼疾手快,一手托起桥,一手将毛驴驮着的口袋戳了个洞,袋子里顿时淌出一股黄沙,三天三夜也没淌完。那黄沙后来就是鄂尔多斯高原上的库布齐和毛乌素两大沙漠。

传说透出古人的智慧,也透出从古以来人们试图掌控沙漠的欲望,那沙说是自银川驮来,烁烁如黄金,因此称作"金银沙"。

多年前的一个春天,我和几位朋友曾在鄂尔多斯高原上行走了十天,印象最深的除了青青草地、雪白的羊群,梦一般的黄河,就是这一望无际的金色沙漠。那时从包头到伊克昭盟,即后来的鄂尔多斯市的东胜,是一段国家二级公路,油黑路面,车辆如梭,公路两侧是一个接一个沉默的沙丘,从车窗望去,它们在蓝天上划出弯曲的弧线,像一道道起伏的金色波浪,不断向前延伸。

银肯响沙湾就在公路不远处。响沙湾是一个千古之谜。

那里的黄沙看上去与其他地方的沙子没什么两样,但双手捧起稍稍用力一摇,便会发出青蛙的鸣叫。倘若登上沙丘,坐滑梯似的溜下去,两耳便会充满如歌的轰鸣,经久不息。有人说,那是埋在沙漠下的两千个喇嘛在诵经,有人说那是来自天外的声音,还有静电说,共鸣说。奇特的响沙让专家学者众说纷纭。

毫无疑问,那一片黄沙原本就是具有灵性的。

鄂尔多斯具有灿烂悠久的古代文明,早在三万五千年前,这里就有了"河套人",那时大地上水肥草美,森林茂密,长流不断的江河和明镜般的湖泊,活跃着无数珍禽异兽。即使到了公元一千二百年,成吉思汗的马蹄踏遍草原之时,这里仍然是一片诱人的胜地。

传说成吉思汗征战西夏时,战马过鄂尔多斯的伊金霍洛旗,他手中的马鞭突然掉落在地,身旁的侍从连忙俯身去拾,大汗阻止了他,然后勒住马缰环顾四周,只见青山之中鹿群出没,泉水叮咚作响,大汗不由高声赞美:这地方真美啊,我死后就葬在这里。

侍从遵命将大汗的马鞭埋进土里,用石块垒起敖包为记。后来成吉思汗殁于六盘山,灵车将他的灵柩运回故土,经过鄂尔多斯伊金霍洛旗时,车轮突然下陷难以前行,侍从记起了大汗生前的话,他们找到敖包,将这片土地选作了大汗的陵地。

忠诚的达尔扈特人在此为成吉思汗陵守护了八百年,还同时保留了丰富的古代蒙古经典和秘籍,以及蒙古族宫廷文化、帝王文化,非常著名的《蒙古源流》《蒙古黄金史》《黄金史纲》等都出自鄂尔多斯。

库布齐在蒙语中的意思是弓上的弦,它与黄河相近,就像一根挂在弯曲黄河上的弓弦。库布齐沙漠为中国第七大沙漠,往北是阴山西边的狼山。西周时期建立过朔方古城,古代少数民族猃狁、戎狄、匈奴都曾在此生存，造就数代繁华。四百多年前，明末清初之际，由于不断战乱，放任垦荒，大片良田变成了荒漠，朔方城也被人遗弃，消失在漫漫黄沙之中。

人们将库布齐称作"死亡之海"。鄂尔多斯人对沙漠爱恨交加，有着太多的记忆和复杂的情感。

那年我们走向库布齐，白天的太阳无遮无挡，刺目的阳光下一望无际的金沙反射出缕缕光芒，一早就感觉到了酷热。驱车在一片苍黄之中，不时会闪现一小片绿野，如同镶嵌在黄地毯上的绿宝石，那正是人与沙搏斗的记载。

人们说，黄河南岸有一个小村庄叫"园子塔拉"，七十多年前几乎被风沙吞没，三十户农民逃离了二十九户。有一个叫徐治民的小伙子却带着妻儿顶沙而来，在沙漠里搭棚住下，开始了漫长艰辛的治沙岁月。几十年过去，徐治民的腰佝偻了，头发也白了，但他种下了六千五百亩绿树，肆虐的黄沙在此变得温顺服帖，换来了园子塔拉的人欢马叫。

人们为那位活着的老人立下了一块石碑。在鄂尔多斯，像这样的治沙人还有很多，他们就像沙漠里站立的树木一样，默默无言而又坚韧不拔，一代又一代。神秘而又可怕的黄沙经由他们的汗水变为金银。

那些生命力顽强的草木，沙柳、沙蒿、沙荆、沙打旺……

从前大多是野生，耐旱、耐高温、耐低寒，治沙人将它们一片片一丛丛栽种在沙漠里，联成网接成线，紧紧地锁住了黄沙。于是有了树林、绿草和花香，有了鸟儿的飞翔。

中国大地上，改造沙漠的奇迹已呈现多处。

即使是有风的日子，黄沙也只是轻柔地起舞，在沙丘上显示出无数条美丽的水波纹，仿佛它们不是粗糙的沙子，而是柔曼的水。行走在公路上的人们遇到狂风大作，也不用再担心会陷入绝境，梦幻一般的黄沙只是细如游烟，在地上扭动，然后随着飞奔的车轮而四散开来。

古老的传说仿佛是一个预言，黄沙就是金银沙。无边无际的沙丘在智者的眼里，成为一个个装金载银的聚宝盆。今天，鄂尔多斯的恩格贝也真的成了瓜果之乡，鲜花盛开，庆幸的是，当年我也曾跟随治沙的队伍栽下了一棵树苗，如今长成了大树。

右玉种树

右玉种树，年年都种，一年又一年，如今种了七十年。

七十年前，沙窝子里长大的娃娃王德功说："那风啊，春天要刮四个月，秋天要刮四个月，就像成群结队的骆驼一样，呼呼的、一高一低就过来了，哎呀呀，没法儿躲。"风刮过的地方什么都待不住，草不生树不长，只有满地的沙子，以及掩埋在沙里的白骨。娃娃们夜里跑过的时候，那闪闪灼灼的"鬼火"会紧追着娃娃的脚步，吓得人魂飞魄散。

天山驼铃

右玉种树

右玉这名字,听来像是一个美妙的女子,但过去它只是一片荒凉的不毛之地,现在山西朔州,古来属雁门郡,是兵家必争的西北要塞,重镇杀虎口便是东西要道的咽喉。历代纷乱的战火焚烧尽大地上的草木,风沙一层层掠去越来越薄的土壤,剩下的尽是裸露的沙子,这片离内蒙古毛乌素沙漠只有一百多公里的地方逐年沙进人退。

1949年10月23日,还未来得及抹去战场硝烟,便来到此地担任首届县委书记的张荣怀登上了右玉的风神台。这风神台一直是右玉人最大的寄托,每逢风沙肆虐时便只有到此拜求,请风神行行好,不要刮走了好不容易种下的一点莜麦、谷子和豌豆。而张荣怀不是来拜风神的,这位曾经战场上的指挥员面对全县人民发出了植树造林、治理风沙的呼唤:"右玉想要富,就得风沙住,要想风沙住,就得多栽树,要想家家富,每人十棵树。"

他带头甩开膀子,在沙地上挖好一个个树坑,从几里地外的苍头河挑来河泥,倒进沙坑垫底,再放进小小的树苗,围根、填土、浇水。

沙堆里种树真不容易,刚刨出的坑,不一会儿就又被沙子埋住了。只能边刨边栽,沙子不停地往下陷,得手急眼快,镐头、铁锹施展不开,就用双手刨;一个人不行,就围上几个人一齐刨，七手八脚地刨出坑，赶紧垫上河泥，赶紧放下树苗，这才松下一口气。

"栽活一棵树比养大一个娃还要难"，这话一点不假。眼巴巴地，天天瞧，月月盼，头年种下的树眼看伸直了腰，长出了绿叶，可还没来得及笑逐颜开，秋来一场拔地而起的大风，冬来一场严酷难当的冰霜，一片片的就又都倒下了。

第二年重新再来。

春风吹拂的时候，再一次挖坑、挑泥，放进小树苗，围土、浇水，于是再到秋去冬来，幼苗仍然大片倒伏，但终于有了顽强活下来的小树，它们才真的成为右玉人的孩子，懂得把根深深地扎下去，再扎下去，直到能吸吮到大地母亲的乳汁。

生命的奇异在这里呈现，每一年都有新生的小树在狂风中摇晃，但它们在荒漠里如兄弟姐妹般相互依靠，甚至在地底下的树根也紧紧相连、盘根错节，以抵御风的撕扯。最后，一棵又一棵小树终于稳稳站住了，在沙丘上，荒砾中，沟洼里，山梁间。

右玉大地上的树，注定不是温室里的花朵和盆景，右玉人有多么顽强，它们就有多么耐寒耐旱耐风霜；右玉人有多么执着，它们就会有多么努力地扎根与生长。七十年里，右玉人把种树作为第一要务，不断传递着绿色的接力棒，只有起点，没有终点。

一年又一年，荒原沙丘不停地变化着，当年人们梦想中的塞上绿洲，竟然一步步变为现实，右玉从新中国成立初森林覆盖率不到0.3%，如今达到了54%，大大超出了全国、甚至全世界的平均覆盖水平，当选联合国"最佳宜居生态县"。

初秋时节来到右玉，目光所及之处，辽阔祥和的塞上田野如诗如画，深浅不一的嫩绿苍翠，由近至远，一阵阵含着草木芳香的清风吹来，让人心旷神怡。经过的道路两旁，密密的小树林见不到首尾，小老杨、沙棘、樟子松……这些北方树种昂然挺立。一排排杨树大都已有了六七十年树龄，但看上去还不足十年，因此人们爱惜地叫它小老杨，它们是第一批为右玉遮风挡沙的勇士，经受过最难熬的岁月，虽然矮小瘦弱但并不垂头丧气，在一片蓬勃的绿色中倒显得十分朴素和谦廉。

或许，这也是右玉人的品格。

已是秋高气爽，但右玉的树丛中、原野里到处可以见到怒放的格桑花，紫的、粉的、淡黄的，开得娇艳任性，无拘无束。这天是个风和日丽的好日子，右玉县城的大街上开来一溜婚车，打头的车前堆满了鲜花，后面跟随的车队飘着一串串红色的气球，车队在宾馆门前停下，走出一个个打扮时尚的年轻人，小伙子们西装革履，姑娘们长裙飘飘，他们气色红润、喜气洋洋。我不由想起那位曾经从"鬼火"旁跑过的娃娃王德功,他眼下已年过七旬,他的青春是在种树和饥渴中度过的,今天年轻人所能享受到的,正是他们当年的梦。

在右玉绿草如茵的南山公园里,如今耸立起一座红黄蓝绿构成的纪念碑,碑座由黑色大理石镶嵌而成,上面刻着右玉种树的词赋,还刻着一批绿化功臣的姓名:伊小秃、安贵成、刘德富、祁三、李枝、吴连喜……他们都是普通的农民。

我想,右玉种树,就如精卫填海、愚公移山,也应该是一个留给后人的成语。

红绸

最初到海南,却不知道陵水。那一年住在三亚的清水湾,海南一位朋友得知,约去陵水。便问在何处?有多远?朋友笑说,你现住的清水湾就在陵水的地面上。

原来,车一拐弯离了那些优雅规整的住宅小区,便嗅到了乡村的气息,不时有光着脚丫趿拉着人字拖的农人开着摩托箭一般地驰过,卖槟榔的妇人穿着紧身的黑裙,半倚在路旁的椅子上,守着跟前嬉笑的孩儿。一排排椰子树迎面而来,透过椰林,又是一片片芒果树,正在冬季里开花,一簇簇一串串的,黄得耀眼。

是啊,在海南,在三亚,在陵水,目光所及都是耀眼的,那红那黄那蓝,从田野到天空,在明丽的阳光下,在澄净的空气里,浓墨重彩,无不透彻。

从清水湾到陵水县城只用了半个多小时。很快发现洁净的小县城,有着与喧嚣城市不同的海岛小城的味道,海风吹拂,椰树摇晃,相比繁华的都市,街道行人的脸上从容了许多,并不急着赶路的样子,连喝茶端杯、举手投足之间也有了些许闲适。

陵水原是一座古老的县城,在河流与田野交织润泽的海南岛上,早在秦汉时期就已孕育出星星点点的城镇,陵水县便是其中之一。据考古发现,更早之前的新石器时代,海岛原始文化遗址就有一百三十多处,这些新石器遗物的主人大都是黎族的先民,他们刀耕火种,开发海岛,陵水河一带也早早留下了他们的足迹,陵水黎族自治县便是因此得名。

大自然给予海南岛的恩赐慷慨丰厚,除了海洋无尽的资源,岛上每一寸土地都蕴含着宝藏。从娥隆岭发源而下的陵水河,古称陵木丹水,是海南岛上第四条大河,秀美而又充沛,两岸树木繁多,有世界珍稀树种青皮,还有红绸、黑绸、坡

/ 红绸 /

垒、橄榄,花梨,竹林和各种灌木。

叫着"红绸",还有"黑绸"的树,又名小叶青冈,质地坚硬,树龄可在一千七百年以上,也就是说,"红绸"曾经历了自晋朝以后的南北朝、唐宋元明清,一直到如今。无数潮起潮落,风云更迭,谁能见得?唯有这古树同在。苏东坡长袖当舞,或许就在这树下笔走龙蛇:"天其以我为箕子,要使此意留要荒。他年谁作地舆志,海南万里真吾乡。"再摸"红绸",却不是柔软的,一树铁骨铮铮,早已是千锤百炼百毒不侵,留住了许多先人的精魂。

陵水河边树无语,鸟有声,那些飞翔于高空、栖息于树上的鸟儿,与至今仍住在深山,脸和身体也刻上了如树皮花纹的黎族老人,一起陪伴着千年古树红绸、黑绸。

黎族人只有语言没有文字,与好些南方少数民族一样,黎族人总是在战乱的颠沛流离之中,反抗与迁徙,无暇用文字记载自己的历史,只能口传心授,以传说故事的方式将民族的密码传给后人。五指山大仙、大力神、鹿回头等人们耳熟能详的故事,皆是来自黎族人的薪火相传。

陵水河穿越山壑,机巧灵敏,流啊流,一直流向蔚蓝的海洋。自火山喷发形成海岛之后,陵水河就有了生命,它已面朝大海奔腾了数亿年,日夜不停,于是才有了两岸花香和一千七百多年的红绸树，有了灵气充盈的城市。

前年冬天又一次来到陵水，夜色中沿河走去，岸边修建了两层便道，上一层人流甚密，小城的人们来来往往，下一层离河水很近，似乎一弯腰就可触到波光闪动的水面。我走在离河相近的小道上，能闻到夹杂着泥腥的气息，不时有鱼儿从水面跃起，还来不及看清它划出的弧，鱼儿又钻进了水里。

走着走着，不觉已经过了两座桥，相去住地已有五六里地，却还是愿意就这么走着。心想再往前，河会是什么样子呢？

又走了一阵，突然脸上感到一丝凉意，却是小小的雨滴。在这冬日如春的陵水，即便是冬雨，也没有寒气，纷乱的毛毛细雨，像河边毛茸茸的芦苇，让脸上痒痒的。雨中的陵水河越发安静了，在两岸灯光的照耀下，水面上的波光不停地闪动，小雨点打在河上，就像开出的一朵朵小花。

白天，去了陵水河旁的小街。一座招人喜欢的小城，除了要有一条河，一定还要有一条关乎生计、弥漫人间烟火的小街。比起那些外表堂皇、里面摆设几乎一模一样，让人分不清身处何地的大商场，一条小街更能道出一座城市的性格。

陵水县城叫椰林镇，椰林小街上琳琅满目，百业兴旺，走几步见到一家杂货店，锅碗瓢盆、扫帚竹筐，堆得小店里满满

/ 红绸 /

的，一直伸到了街沿下。一摞棉絮上东倒西歪的窝着几盏玻璃罩子小油灯，棉线灯芯，矮矮的灯座，估摸能装二两油，小的一把就能攥在掌心里。

这小灯做何用呢？一问店主，却知陵水这边的人家逢年过节、办喜事都会点上这灯，在灯座上贴好红帖，向祖先祷告祈福。便问多少钱一盏？店主说五元，要买最好两盏，点的时候双数为好。

于是请他拿过两盏，厚厚的用报纸包紧，预备带回家去。

多年前，在乡下插队时，也曾有过一盏矮座的小油灯，只是比这略大一些，是阿姨从上海买回的，很精致，还套着一个挂钩，可以挂在墙上。我想法在床头土墙上打进一根小木桩，正好夜里靠在床上，就着那盏悬挂的小灯下看书。那年月书极少，插队之前我家的书都被烧光了，只被我藏下几本带到了乡下，看得倒背如流，如《青春之歌》《三家巷》。此外，又到一些和善的农户家里寻书，跟人套近乎，好歹也能借出些残破的旧书来，且大多是存放了多年的线装书。白天塞在枕头底下，夜里便就着那小油灯，一看就是半夜。

海南陵水小街上的灯，让我想起这些往事，一下子觉得这小城，还有河，原来离着自己很近。看那河不动声色的样子，其实是深知无数秘密的，也一定会晓得我的心事。

它活了上亿年，什么事没有见过呢？即便是一个人小小的悲欢，哪怕只是偶尔经过，也都在它的波涛里。从古到今的陵水人，来了又去了，就如河里那些砂砾，铺陈着，被浪花淘来淘去，根本就无名无姓，但河都包容着，无论礁石还是一粒粒砂子，都是河的一部分。

河水就这么世世代代流淌着。这条河，还有那条河。

只有这河的上游，深山里的红绸也知道千年的故事，但它们沉默在山林里，只是守望着河水，当然，它们的姿态就是一种无声的语言，任人们猜想。相比之下，陵水岸边的椰子树就像时尚青年，长得高大、任性，成群结队，招摇着风，随处都能看到它们，挺立垂直，又随风变换姿态，像一把把打开的扇子，又像一个个扭动着腰肢的舞者。

沿着陵水河一直往前，椰树成林，看不到尽头。

海边的椰子树

清江夜话

有一次在长阳清江边,听到一曲《渔家乐》,"清风不用银钱买,月在江中夜半游。闲来简板敲明月,醉后渔歌云春秋。"顿时使人醉了。那是流行于明清之时的南曲,为土家人所喜爱。听这南曲,不禁会思古怀远,浮想联翩。

清江古称夷水,又名盐水,从湖北利川发源,流经武陵山与大巴山余脉的高山深谷,一河碧水自宜都汇入长江。魏晋时期的郦道元在为《水经》作注中称"夷水,即山清江也,水色清照十丈，分沙石。蜀人见其清澄，因名清江也。"

这江全长八百里，流域山明水秀，号称"八百里清江画廊"，沿途为土家族、汉族、苗族三族混居之地。"夷水"其名始见于《禹贡》，《汉书·地理志》《水经注》亦皆有记载，缘于土家族先民——巴人（白虎夷）的缘故，故而被称为"土家人的母亲河"。盐水的得名则与它流经的地域产盐有关，如长阳渔峡口之盐池温泉、巴山峡的盐泉、榔坪咸池河、白咸池等。

自发源以来的流动，清江处处奇趣。

它经过利川这座鄂西高原的城市之后，突然潜入地下，转为伏流，不知所向。它像一个顽皮的孩子，跟明亮的太阳之神捉着迷藏，通过喀斯特地貌形成的溶洞的天窗，可以听见它在地下的轰鸣，并隐隐可见它倏忽闪过的清流。

这神气活现的清江啊，在幽秘的地底下造出好些个明镜似的平湖，以及大起大落的陡水，时隐时现，经鲇鱼洞、响水洞，观彩峡、至黑洞复出，那时它的小名叫雪照河。

重新跳出地面的清江，两岸高山夹峙，河水湍急，总落差近五百米，因此有了一处"跳鱼坊"，岩石横江，激流汹涌，鱼儿数度飞跃，此起彼伏，那天然的龙门高不可攀，但终有鱼儿跳过，虽然是气尽力乏，但总算是修成正果。

清江对这一切不再回顾，只管向前，接下来更遇蛮石阻塞，水自顽强地从石隙中屈曲流出，不惜将自己化作千股细流，甚至粉碎成点滴飞溅，只求挣脱石的阻碍，自由奔腾。

"上善若水。水善利万物而不争，处众人之所恶，故几于道。"清江何不如此。

过了"天楼地枕"——这是古来就有的名称，清江流入恩施河谷，河水渐缓渐平，儿时的我们常在清江边戏水玩耍，岂知它出得恩施南门十里之外便是惊险的"伏三跳"。

那河岸狭窄，且岩脚受江水冲刷，不时崩塌，演化成乱石堆叠的险滩，流水在乱岩缝中奔突，礁岩傲然凸现，虎伏三跳即能过江。"伏三跳"故而得名。

好名字。

由伏三跳而下至眠羊口，百十里高山险岩，激流险滩，但到得景阳河，清江一路连奔带跳过来，此时脚步不觉放慢，变为深呼吸，举手间装扮得石崖深峭，潭水澄碧。两岸山坡或为水田，或为旱地，村寨炊烟四起，农人耕种繁忙，素有"金建始"之称，产得金黄玉米，颗粒饱满，味道香甜，农家富足。

但清江并不迟疑，由巴东水布垭而下，进入长阳境内，此时清江已汇集上游千百条支流，水量大增，俨然是一条气象万千的大河，它依次洗刷出伴峡、巴山峡、平洛峡这"清江三峡"。但见群山嵯峨，崖壁陡峭，像是天地为这河造就的卫士，排列两侧，注视着清江从崖间酣畅流过。

那巴山峡自古即咽喉要津，兵家胜地，历史上曾有"古捍关"之称，为巴人的前方要塞，助巴人首领廪君（向王）"踞捍关而王巴"，也曾作为"楚肃王拒蜀（巴）"的一道关门，是楚巴相争的重要关隘。延及六朝，曾设巴山县。

由巴山而下，经长滩之后数十里即著名的武落钟离山。此山相传是土家族开山鼻祖廪君的发祥地。

土家族是武陵山区的世居民族之一，分布于湘、鄂、黔、渝毗连的崇山峻岭之中，秦汉时，称为"廪君种""板蛮""赛人"等，此后多以地域命族，被称为"武陵蛮"或"五溪蛮"等。宋代以后随着汉族居民大量迁入，"土家"开始作为族称出现。土家族的来源说法不一，甚至武落钟离山的准确位置也在争论之中，专家们的考证仍在不断地探究。

从古到今的传说如一条长河源源不断，它们醇厚温暖，包藏着无数隐秘的信息。

有一个故事说的是很早很早以前，在武落钟离山，也就是清江淌过三峡之后的一座奇山之上，突然山岩崩塌，现出了两个石坑，一坑红如朱砂，叫作"赤穴"；一坑黑如生漆，叫作"黑穴"。一个男人从红坑中跳了出来，名叫"巴务相"，又有另外四姓从黑坑中跳出来，大家争做首领。祭司说谁能把矛扎在坑壁上的，就做廪君，结果只有巴务相一下子把矛扎进了坑壁上的岩石，动也不动，矛上还能再挂一把剑。接着，祭司又让他们用土做船，在船身上雕刻绘画，看谁做的船能浮在水面上，最后唯有巴务相的船能浮游前行。

众人心服口服，诚推巴务相为首领，称他为廪君。

一年年过去，部落人口逐渐增加，显出地少人多，廪君与大家商议之后，决定带领部族向外迁徙，去寻找更加广阔富饶的土地。他们乘上雕花木船，沿着夷水先是向东，继而又辗转往北，与盐水部落女神相遇。

年轻英俊的廪君一出现，美丽的盐水女神便不由心生爱慕，殷勤接待廪君和他的族人。盐阳山川富饶，盛产鱼和盐，女神请廪君留居此地，俩人永远生活在一起。但廪君为了部落将来更大的繁荣，最终舍弃了一时的温柔之乡，毅然带着部落的人继续披荆斩棘，后来于夷城一带建立了声威显赫的"巴子国"。廪君死后化为白虎，后代加以奉祀，白虎成为土家人的图腾。

这个故事说来有英雄的壮烈，也有忧伤。人们总会为美丽多情的盐水女神生出许多怜惜，土家人尊称她为"德济娘娘"。

爱一个人没有错，但不是所有的真情都能得到及时的回报，也许需要一生，也许更长。女神以自己的牺牲成就了廪君，廪君日后站在巴国城墙上，在人们敲着震耳欲聋的虎钮錞于——巴人的军乐器时，他的心里有多少欢欣亦有多少悲凉，女神对他的爱恋，那最后的深情一瞥，他怎么能忘？

他化为白虎，回到曾经的盐阳清江，徘徊在女神为他献茶的风雨桥头，将一腔英雄泪化作一声声嘶吼，想唤回那女子的魂魄，继而他跃上山顶，永久地凝视着山下的盐水。之后的人们只要经过此地，就能远远看见那雄踞山头，躬腰低首的白虎。

好男儿，也有百回柔肠。

再说一个故事，是在廪君之后的若干年里，天下已分春秋，秦国那年攻占巴子国，烽火四起，巴国腹背受敌，将军巴蛮子出使楚国借兵，情急之中允诺战乱平息之后，割让三城给楚国作为谢礼。

但巴蛮子怎舍得先人留下的大好河山，三城断然不能让给楚国，但他又是一个极重信义之人，又怎能对楚王出尔反尔？于是战乱得以平息之后，巴蛮子将军亲自前往楚王宫中答谢，当说及三城之时，将军双泪长流，慨然道："今日无城可奉楚王，只有将在下的性命留在楚国，请楚王恕罪。"

一语落地，将军挥剑砍去自己头颅，身躯昂然而立不肯倒下。

楚王大惊："将军忠肝义胆，这三城之事，寡人永不再提及。"

将军身躯这才轰然倒下。

楚王叹道："寡人麾下若得此人，何需三城也。"即吩咐将巴蛮子的头颅装金镶玉，以上卿之礼厚葬于楚国之地，三城之事果不再提。

古来的风尚漫延于民间，土家人性情憨直，过客投宿寻饭，无不应允；仁侠仗义，知恩图报，一语相投，倾心相交，偶犯忌讳，反言若不相识；彼此有仇衅，经世不能解，有明察者一语剖解，便帖首而服。

土家族不是一个多愁善感的民族，有着自己独特的感情表达方式，对生死的态度庄重又泰然。男孩从会走路就学"跳丧"，女孩从会说话就开始学唱"哭嫁歌"。"跳丧"是一种惊世骇俗的歌舞，悼念亡灵，送别亡者时，土家人不以大悲大恸而是载歌载舞，少则三天三夜，多则七天七夜。歌者昂扬从容，将皮鼓擂响，舞者环绕激情起舞。歌者随着鼓槌的擂动，唱的是古往今来、亡者生平，常会忘我地晃动身子，将声音翻高八度，人们的情绪被带入极致，喷发出生命最本真、最炽热的情感。

女儿出嫁本当喜庆，却如泣如诉，长歌带哭。

/ 清江夜话 /

兴许是受了山泉叮咚的感染或是鸟儿欢叫的诱惑,土家女儿从小就爱唱歌,随着母亲缠绵的歌声,呢喃地哼唱。逢到县剧团来演戏,一群女孩儿会站在戏台前你推我搡地笑:"你也去唱一回,你也去唱一回。"若是碰巧都到小河边洗衣服,那就尽情地用歌声吵嘴逗趣。

这个唱:"正月百花开,幺妹生得乖,高不高来矮不矮,活像祝英台。"

那边就俏皮的对唱:"妹妹生得好,长得多乖巧,弯弯眉毛一脸笑,活像八哥叫。"

我在山里和清江边行走,总会碰到爱唱歌的女孩儿,忍不住想去跟她们搭话,问她们如何会唱这么多的歌。她们你看看我,我看看你,说:"唱唱心里痛快呀。"又说:"日后要唱哭嫁歌的呢!"这些山里的女孩儿在艰辛的生活中创造乐趣,而且也为自己将来的"哭嫁"做长久的准备呢。

八百里清江,从古流到今。廪君、巴蛮子,那些老一辈的传说;跳丧、哭嫁,土家人的悲欢,就这样在一个个夜晚的吟唱中,下里巴人,也和着阳春白雪,来到人们身边,它们传递着祖先的温度,春去冬来,将子孙滋养。

窗外

虽然隐隐也有些汽车经过的声音，可是周遭的空气如水洗过，窗外的事物一派安宁。玻璃窗很大，从天花板一直落地，占了整面墙。我从那里看画——云南小城沧源就像一幅变幻着的画，让人挪不开眼睛。

早起的时候，窗外是朦胧的，因为很浓的白雾，小城像是灰秃秃的，看不出精神。可是到了十一点半——当地人都这么说，云南沧源这座小城冬日的太阳要到那时才能出来，果然几

/ 窗外 /

乎一分都不差,阳光就在那一瞬间"唰"地洒满了大地,所有的景象顿时鲜活起来。与此同时,就像听见了阳光洒下的声音,就像细碎的金子在摩擦碰击,随着箭似的射开,有长如彩虹的箭,也有针一样小的箭,命中所有的花朵。

花儿们就绽放了。

窗外是一个院子,对着一幢还没有完工的小楼,两层的脚手架尚未拆去,似乎正在油漆粉刷中,红的栏杆、白的墙。小楼前的废料堆里,躺着"蒙牛代理"的招牌,这牛奶——草原母牛的奶汁流淌得很远呢。从呼和浩特到云南沧源,曾经的道路非常漫长,骑马走过的蒙古人连通了北方与南方,有多少往事在路上呢?

越过院墙的目光,能看见中国海关的字样,白楼金字,很洁净也很漂亮,在它的衬托下,一面鲜艳的国旗迎风招展,阳光下分外夺目。小城离边境很近,近得能听见缅甸那边的狗叫鸡鸣,有的地方甚至共用一口水井,井旁伸长的曼陀罗花,一串开在这边,一串开在那边的界碑上。

植物不知道人类的划分,它只知道大地是母亲。

再看过去,海关旁边是一排排土黄色的小楼,颜色鲜亮,那是开发了好几年的商贸街,现在很安静,闲散地走着几个人。小城的人还是习惯几天才来赶一趟街呢,这是一位在新疆当过兵的司机告诉我的,他见多识广,但还是喜欢自己出生的云南,喜欢这边城的小街。

我在那小街上买过一条佤族的筒裙,手工纺织,紫色的布面上嵌着一条条银线,还买了一件红色绣花缀着铜片的上衣,以为也是佤族的服装,但沧源人一眼看去就笑了,说那是缅甸货,沧源跟缅甸抬脚之间,互通有无,这小街上的货物好多都是那边来的。

便对自己的眼光有些失望,沧源是佤族自治县,要带走的应是佤族特色的物件才好。可又想,只要沾了这座小城的气息,也能让人嗅闻很长的日子呢。

但除了佤族筒裙,小城的街道与其他城市没有太多的不同,各家门店里也都是西装、夹克、T恤、牛仔裤,烟和酒,还有光碟,不过显眼地多了几盘佤族的民歌,当然,还有竹子做的烟筒,像一根根小烟囱,在一些小店的墙边上靠着,像站立的汉子。大概,小城的男人都爱抽这种竹烟筒,一路走去能看到坐在门前的男人捧着它,抽一口,然后朝街上看一眼,不急不慌的表情。

想那沿街摆放的地摊上,各种稀奇古怪的植物,包头帕的妇人说是拌着吃的香料,我问是什么味道,她说:"这还用问?调味的啦。"我说:"好比葱蒜?"她不太理会,有些敷衍

窗外

地说："是啦。"

其实味道的复杂远不止葱和蒜，只有亲口尝过了，才会懂得云南菜肴，就如那里的色彩一样斑斓，有的香，有的却是苦，但留在舌根的苦味会很快变甜，长久地留在那里，让你宁可先苦一下，然后再存着这甜；还有的味道甚至是涩的，不管不顾的满嘴涩苦，像一个穿堂而过的妇人，阔大的裙边毫不文明的捎带着就将全场人都扫到了，但过一会儿会满口生津，顿时让人心生感激，觉得她有着豪爽的好意，只是不带做作而已。

到了正午，玻璃窗外最触目的是前方的楼群顶上，一大片亮光闪闪，一看就感觉工业化的气势咄咄逼人，再细看原来是太阳能热水器的主机，整齐地排放着，几十个，或几百个，这楼顶上就像开着一家厂房。

小城的人们比较时尚，小城的阳光也比较热烈，正对了这样的装备。

再往远处看，地势渐渐地高起来，有一些树，郁郁葱葱，像浓密的灌木，但走近去，就会知道那些树其实很高大，很古老，比你我的生命都要长，一百年、两百年、三百年，它们年复一年地守护着小城。

在沧源的山头，三千多年前的古人留下了一幅幅崖画，那是用动物的血调和了赤铁矿粉,在灰色的岩壁上,用手指或羽毛蘸抹着绘成的。

崖画没有声音,但却有动静,古人的狩猎、生产,与诸神的欢娱,每时每刻都在山崖上进行着,刀光剑影,人神与狮子、老虎原始的亲密,来自彼此的敬畏,表达的方式则是力量和智慧。

人比动物的智慧胜过一等,因此将凶猛的动物渐渐置于死地,但有没有想过,除了动物,人要面对的还有神呀。无论力量还是智慧,人又怎么能与神相比呢?

神在哪里呢?其实就在人与动物之间,人与自然之间,人与宇宙之间,神是无处不在的,甚至在人的心里。

陪伴着崖画的,是那些古老而又粗壮的小叶榕树,它们的树梢系着飘拂的红带,是树之神。

一头蹒跚学步的小牛犊紧随在母牛身后,从树下走过,东倒西歪的,幼稚至极。放牛的老汉披着雨衣,背着手,也慢慢地走来,有人问他,"小牛生下来几天了?"老汉瓮着鼻子说:"明天。"

没有听懂。又问一遍,老汉大了声音,"明天啦。"

好生奇怪,眼前的小牛怎么会是明天生的呢?

来了一位当地的朋友,说:"老汉其实是指昨天,小牛是昨天出生的。但这一带有这种说法，将昨天说成明天。这样说小牛会比较好活。"

过去的，成了未来，那么未来是否意味着过去，有些说不清的意味，在老汉远去的背影里。

而眼下的窗外，远远的那些树，还有一些更小的，毛茸茸的像一块展开的绿毯，那一定是些茶树，虽然早已不是它们最繁茂的时节，但依然保持着姣好的容貌，圆润的碧绿着。

茶树是云南人的最爱，制出的普洱这些年声名大噪，就连我，也舍了老家三峡的绿茶，每日沏一壶普洱，从早喝到晚。边喝边翻些闲书，一不小心读到《红楼梦》第六十三回里林之孝家的说话，贾宝玉等人准备夜里私自开宴庆祝生日，正好碰上来查夜的林之孝家的，宝玉谎称自己没睡是"因吃了面怕停住食"，于是林之孝家的说道："该沏些普洱茶吃。"读到此不由会心一笑，对壶中的普洱更是添了喜爱。

喝茶的境界自有千百种，但对于文人，老舍有一句话倒是贴切，他在《多鼠斋杂谈》中写道："有一杯好茶，我便能万物静观皆自得。"

这样想着，身边正有一杯好茶，再看那沧源的茶树，便带着缕缕亲切，仿佛会着一位老友，有着心神的交流。

在所有的树木中，唯有茶树与人最为相近，倾情付出任人采摘,却不卑不亢,风貌从来不减,转年又是一轮青芽。一个人,若做成一棵茶树,不仅有品格,且自带清香,将是何等的精彩。

只见那边山坡,顺着茶园往上,再往上,山势变得峭然。朝南的一面沐浴着阳光,像母亲袒露着胸膛,山间还种植着成片的谷物,它们像孩子,吸吮着母亲的乳汁,从地里冒出来,遂长成飘香的粮食。

生活在这里的人们,从祖先到现在,就靠着这些山地,从昨天来,又走入昨天。他们欢乐,也悲伤,还有争斗,而大地母亲却只是辛勤付出,从来一声不吭,宽容到了极限。

山顶之上还有山尖,山尖紧挨着蓝天。

沧源的天,蓝得香气十足,显然是受了大地的熏染,将一片片怒放的三角梅的精魂都吸纳了去。几朵变化着的白云,小朵的像一座笔架,大朵的则像一座雪山,旁边还有一只尖嘴的狐狸,正在雪山一角拱动。另外一些散淡的云朵,如同村寨最平常的炊烟,桃花浅浅,把酒春风。

到了下半日,窗外的天色渐渐暗淡下来,一个收衣的女子不知什么时候走到了院子里,怀抱着一堆在小楼上晾晒过的衣物,那些未拆的脚手架正好搭上一根晒衣的竹竿呢。

只见她长发黑黑的,佤族女子的头发都很黑,穿着一双白得耀眼的平底鞋，轻盈地一扭腰，绕过院子里停放的一辆红色摩托车，然后就消失在了一扇门里。

她走过的地方立刻变得空荡荡的。

一幅"沧源先锋科技"的招牌歪斜在院子大门后边，大约是曾经开过的门店又换了名号。这年月新鲜事物层出不穷，改换门庭是常有的事，再过几天就会有新的招牌挂在大门外边了。

只是我们过两天就得离开，也不知何时才会又到这小城来，那新挂的招牌会写上什么字样，生意做得如何，不得而知。

用放牛老汉的话来说，"明天"该是怎样的呢？

天色变得越加暗了，突然发现一些小鸟在空中飞来飞去，那么小，一个个芝麻点儿似的。隔着玻璃窗，开始以为是蜻蜓，但已经是十二月的光景，这样的季节即使南方也不会有池塘边的蜻蜓了吧？

后来小鸟飞到了跟前，就隔着一层玻璃，能看见它们小小的翅膀，稚嫩地用力扇动着，仿佛这就是它们的事业，得尽了全力，一下又一下连连不断。鸟儿成群结队，变换着队形，一会儿向东，一会儿向西，随后优美地滑翔开去。

一眼望不到边，我很想跟随鸟儿的翅膀，到更远的地方看一看。

　　这鸟儿飞翔的小城，诗画一般的小城。看着看着，天就全黑了，窗外的小城更有了醇和的味道，像浓浓的普洱茶水。

　　一抬头，几颗星星跳了出来，明光铮亮的，转眼间又是闪闪烁烁的一大片，缀挂在了玻璃窗上。于是那夜，没舍得拉上窗帘，与星星相伴的梦一直到天明。

点灯图

舞动的山冈

在昆明，阳光的感觉是柔软的，似乎总带着和煦的春意，哪怕是在冬日。而一踏上临沧的土地，阳光下的一切突然变得炽热起来，黑红的土地，黑红的山岗，还有黑红脸膛的佤族人，目光所到之处，所有的颜色都是浓烈的。

它使人坐立不定，周身血液的流速会像喝了酒似的加快，会不由自主地跟着佤族人一起舞动起来。佤族是一个善于用肢体语言表达的民族，热烈壮美，对客人最为热情的欢迎莫过于伴着鼓声的舞蹈。

走进临沧,便见一群黑发飘飘的佤族少女和小伙一边跳着舞,一边朝我们走近,他们用佤语唱着声调高亢的歌儿,虽然听不懂歌词,但从他们表情里可以看出是对客人的欢迎。

一个个佤族姑娘丰满健美,及腰黑发甩动起来像飞扬的黑色火焰;彪悍的小伙子们赤裸着上身,棕色皮肤油亮,宽大的裤角随着舞蹈呼呼生风,扇出满地野性。他们开怀一笑时,露出洁白整齐的牙齿,不知是否因为黑皮肤的衬托,还是本有的令人羡慕的力量和健康。

我相信,那些动作奇特的舞蹈是临沧佤族人独有的。

佤族崇拜牛,他们的生产、祭祀和生活都与牛密不可分,舞蹈也多有模仿牛的动作。在茶山,看到一群姑娘将披散的黑发分成两把高高举在头上,就像是竖起两只巨大的牛角,然后跨步、跳跃,牛儿一般奔跑;同舞的小伙们动作更是剧烈,大幅度的腾跃,一次次角逐决斗,甚至从口中喷射出火焰,燃遍全身,表现人类与野牛狂野的争斗,最终征服了野牛。

年轻人赤裸的背上流出一道道如泉的汗水,散发出浓烈的气味,这些阿佤人的阳刚之气中混杂着远古弥留的气息,让人想到一个古老的族群跋涉于山崖之间,与野兽相搏的壮烈场景。佤族人对牛的崇拜由来已久,源于创世纪的神话,也源于司岗里的传说。

说在人类远古的洪荒时期，只剩下一个佤族女人，她漂泊到司岗里的高峰上，得以幸存下来。女人受精于日月，生下了一儿一女。一天，女人正爬上山顶，采撷天空的彩云织布，突然一只鸟儿飞来报信，说女人的一双儿女掉进海里了，那时，司岗里群山周围全是苍茫的大海。女人焦急万分，就去恳请牛："牛啊牛啊，救救我的儿女吧！"

牛很厚道，会浮水，就赶紧下到海里，把奄奄一息的兄妹俩托在脖子上送到了岸边。如果没有牛的相救，就没有阿佤人了。女人感激不尽，从那立下规矩，将牛作为佤族人永远的崇拜。

佤山时常敲起木鼓，与天神和牛对话。

传说天神平日是不管人间事的，人类说话的声音太小，根本引不起天神的注意。要想让天神听见人所说的话，只有使劲敲响木鼓，天神才会凝神倾听，才会知道人世间的疾苦，从而来解救灾难。木鼓是"通神之器"，佤族人说："生命靠水，兴旺靠木鼓。"所以在敲响木鼓时，恨不得甩开膀子用尽全身气力。

在临沧有名的翁丁寨，我见到了佤族人的木鼓舞。

"翁丁"，佤语是指云雾缭绕的地方，翁丁寨已有四百年的寨史，全寨一百多户都是佤族人，一直保留着完整的佤族生活形态。从牛头寨门走进寨子，可以见到一幢幢杆栏式楼房、公房、古老的水碓，还有重建的佤王府。遇到重大的节庆，全寨人不分男女老幼齐聚一起，先进行祭祀，然后跳起木鼓舞。

那是一个盛大的场面，从七十多岁的长者到两三岁的孩童，全寨人先是去到附近的祭祀神林里，那里长着一棵棵几百年的大榕树，在长者的带领下先祭拜树神，然后从树下拉动长长的木鼓，往寨子里而去。

巨大的木鼓绑着藤条，再系上长长的红绸绳，几十个人一边拉一边齐而舞之，从布满苔藓的山林到寨子中央的坝子上，拉木鼓的人们一直沉浸在一种对山林感恩，天人合一的崇高激情里，口中唱出纯粹的不加修饰的歌声，且边走边舞。

我也忍不住跟随他们拉起了木鼓，前后的妇女都穿着鲜艳的衣裙，男人则大都是蓝色或白色的上衣、黑裤子，扎着彩色绣花的腰带。拉动木鼓前行的歌舞很能将人们的心神凝聚在一起，很快，我就以自己也是这个队伍的一员而兴奋起来。

到了坝子中央，人们将那只木鼓放到早已摆好的木架上，然后一个壮实的汉子走上前去高举起鼓槌，"咚——咚咚"开始敲打。

真正的舞蹈开始了。

三位胡须花白的长者神情严肃地举着亮晃晃的佤刀,踏着舞步走在最前面,全寨的男男女女跟随其后,刹那间,坝子里的几百人一会儿成了山冈,一会儿成了海洋,咚咚咚,通天的木鼓响个不停,人们脸上呈现出一种无法模拟的神韵。那些跳跃,旋转,抬手,跺脚,并不是刻意的舞蹈,而是他们从生存的渴望,对天地的敬仰中迸发出来的激情,是祖先留存的密码和召唤,他们只是在那一刻尽情地宣泄而已。

相比舞台上一些造作的舞蹈,不动情感的表演,翁丁寨的村民们才是真正的艺术家。就如同生在云南的白族姑娘杨丽萍,打小就没受过任何舞蹈训练,但她就像天地间的精灵,通晓了孔雀的语言,懂得了那些美丽生灵的心情,因此不时将自己也化作了雀儿,与其说她是在舞蹈,不如说她是在将那些生灵的语言传递给人们。

从舞蹈中可以解读阿佤人的心灵。最美的舞蹈一定是在民间,在生活之中。

后来在耿马的一个夜晚,又一次让我感受到了民间舞蹈的魅力。

从临沧坐上大巴车往西,经过一道道茶园,山势逐渐向下,行走几个小时的山道之后,就来到了耿马傣族佤族自治县。耿马也属于临沧市,与缅甸山水相连,国境线长47.35公里，是临沧和昆明通往缅甸仰光最便捷的陆上通道。

在耿马县城，白天见到许多女子的脸上描着一道道奇怪的花纹，从穿戴来看，这些走在街上的女子有的来自乡村，有的显然就是县城机关的干部，却为什么要画上这些花纹呢？黄色的粉浆，有的抹在额头上，有的在脸颊两边。

我好奇地问一位正在买菜的女子，她笑着答道："塔纳卡。"

"塔纳卡？"

她看我不解，便说："就是香木粉啊。喏，这就是。"她指向街旁一溜卖菜和卖药材的地摊，一个年老的妇人跟前，堆放着一些树枝，有的杯子粗细，有的一指头粗细。女子解释说："就是那种香楝木，沾上清水在石板上磨，磨出的粉浆抹在脸上是最好的护肤品，防晒，清凉，蚊虫都不叮。你不信，可以试一试。"

我连忙说谢谢，说以后再试。女子有些遗憾。

原来，这"塔纳卡"是来自缅甸的一种习俗，已经有两千多年的历史，缅甸女人每天起床后第一件事就是洗完脸，往小石磨上洒几滴清水，将香楝木研磨出粉浆，然后用刷子或软笔抹在脸上，精心描画出树叶、小花等图案，年轻人别出心裁，会画些小动物，小卡通什么的。

耿马与缅甸相邻，这习俗在当地也已流传久远，给耿马的女人们增添了好些妩媚。我想如果我是个男人，有画了这样花纹的女子走到跟前，会不忍心跟她吵架，即使她忘了做饭，或者是多花了些钱。

耿马的夜晚很安静，似乎一到天黑，街上就见不到人了，这也许是因为我们所住的酒店不在小城中心的缘故。坐在房间里正想打开电视，来度过这个边境小城的夜晚时，忽然隐约听到一阵悦耳的笛声。

不禁被这笛声所吸引，抬脚下楼走出酒店大门，然后循着笛声走去。小街上的路灯像一朵朵花瓣吉祥地开放着，虽然行人很少，但是并不觉得有什么不安。那笛声引着我七弯八拐，不觉来到一条巷子里，那里有一块小坝子，却见一些人正在围着圈跳舞，这种围圈跳舞的方式在西南一带叫作跳歌、打歌，或打跳歌。

小坝子旁边一户大门敞开的人家，屋子里牵出一根长长的电线，歪斜挂在一根竹竿上，吊着一个灯泡。昏黄的灯光下，一个穿对襟衣褂的中年男子站在坝子一角，正吹着一支笛子。显然，我听到的笛声就是这人吹出来的。

坝子中间，另一位头发花白的男人随着笛声，一板一眼地唱着："月亮弯弯月亮明……"声音苍劲，让人心生一种莫名的感动。他一边唱,一边不紧不慢地向前又退后,几十个人随着他的舞步,绕着坝子成了一圈。

那户敞开大门的屋里,墙上贴着大红喜字,一问是正在办喜事,这家姓李的小伙子和一个缅甸姑娘结为连理。耿马这一带的小伙子娶缅甸姑娘算不上什么稀罕事,他们之间的语言文字都是相通的,边境两边的亲戚好友经常走动,缅甸姑娘很乐意嫁到耿马来,有的是经人介绍,也有很多是在来往之中相互钟情的。

一对新人端坐在屋里,红红的灯烛下,新郎的神情很得意,不时瞄一眼自己的新娘。姑娘模样漂亮,梳着高高的发髻,穿一条红黄条格相间的筒裙,脸上也抹了两道"塔纳卡"香木粉,也不时回望新郎,但立刻低下头来,脸含羞涩。我想跟她聊聊,但只能比画着问了几句,还得新郎当翻译。

新郎抓给我一把喜糖,说婚事已经进行两天了,按当地的习俗,亲友们要来跳好几天几夜的舞,坝子上的舞蹈也已经是第二个夜晚了。人们去去来来,跟赶集一样,我在坝子上站了不大一会儿,就见不时有人走来,将手上拿着的伞或包袱随便找个地方放下,然后便很随意地跟着笛声迈开了舞步。

我也不由自主走进跳舞的人群,与他们手拉手地跳起来。

身旁的耿马人拉着我的手,我不知道他们的姓名,从何处来,到何处去,家在何方?但能感到那手的粗糙和温热。左边是一位穿球鞋的妇人,身上的围裙尚未解下,右边则是那位唱歌的男人,他穿着一双齐膝的胶靴,像是在田里劳作之后直接来此的。他们动作娴熟自然,就像在田埂上走路一样,拐来拐去。

我盯着他们的脚,想跟上他们的步伐,但那舞步看似简单,几进几退,其实却并不容易,一不小心就乱了阵脚。

娴熟和自然源于生活,这舞蹈原本就是耿马人生活的一部分。

白天下过一阵小雨,地上踩着有些湿润,但并不滑,一股雨后的青草气息在夜空中飘浮,围圈跳歌的人们,一会儿有人拎着包袱和伞走了,一会儿又有一些人来了。那笛声却始终未断,伴着古老的歌谣:月亮弯弯月亮明……

月光下,远处的山冈就像这些舞者弓起的脊梁,临沧的土地上,佤族、傣族、布朗族、拉祜族,他们的舞蹈就是他们质朴的人生,伴随着欢乐与忧伤,让人难忘。

听茶

茶是有声音的。这是到了福建安溪之后才突然领悟到的。

其时秋分过了,转眼已是寒露,北方的雾霾不期而至,灰蒙蒙的不顾人情冷暖,沉着脸。老天爷不高兴的样子实在让人无奈,到底人做错了一些什么呢?我们应该做什么检讨,才能换回蓝天?怀着这样的心情,应邀到了安溪,扑面而来的青山绿水顿使眼前一亮。

那山,向大海倾斜而去,却又挺拔入云,也不免有些婀

青山谣

娜,显出对海的一往情深。山脉的名字为戴云,有着古来的诗意,试想那"云"字用繁体书写,会更为美妙。从远处看,高低起伏的山也是层层叠加,让我又想起家乡三峡,每逢看到山,不由在心里做一些比较。大约南方的山,都会郁郁葱葱,近者似墨远处如黛,白云缭绕之间是天工的大笔画作,亿万年的笔墨都在其间,无尽的沧桑,却又无限的青春。

看山的模样,从来不会觉得疲倦,千姿百态的,犹如好看的男人、女人,也都有着性情,吸引你走近,与之细语,交付心事。转身时便会有了种种牵挂;忍不住一次次回首相望,却也不能停步,人生只能朝前。

还好低下头来,有一缕茶香飘然而至,与这山相伴的古茶,有着贴心的茶名,叫铁观音。从小喝惯了茶,各种茶的味道都略微知道一些,这铁观音沁香扑鼻,对我而言熨帖可心,似乎能觉出一种格外的滋味。

在安溪茶史馆里读到:"中国茶业,最初兴起巴蜀。清初学者顾炎武在其《日知录》中考说:'自秦人取蜀而后,始有茗饮之事。'也就是说,中国和世界的茶叶文化,最初是在巴蜀发展为业的。这一结论,统一了中国历代关于茶事起源的种种说法,也为现在绝大多数学者所接受。因此,常称巴蜀是中国茶叶或茶叶文化的摇篮。"

/ 听茶 /

这些文字不动声色地贴伏在墙上,读到它,它便活跃起来,像一个个小精灵蹦跳着抛出数根红线,将三峡那片地方拉到了跟前的安溪,难怪茶的味道勾引出乡愁,原来它深深地潜伏在这里。

要说巴蜀之地,我出生于长江巫峡与瞿塘峡之间的巴东,古来即属巴国,那峻峭起伏的大山里的人喜好种茶,随口唱出的茶歌满山飞。"正月采茶是新年,手拿金簪点茶园,一点茶园十二卯,采茶姑娘笑开颜……"一唱就是十二月。

"喝你一口茶,问你一句话,你的那个爹妈噻,在家不在家?"这首男女对唱的《六口茶》,很得人喜欢,在安溪的茶山上竟也听到了,心里惊奇巴蜀的茶歌流传,但细想其实是安溪人一贯的开放和笃定引来了这些异乡的歌声。

安溪古城始建于唐宋时期,境内山多地少,有"八山一水一分田"之说,早年素以农业为主,种些水稻、甘薯,"小旱小忧、大旱半收"。明末清初创制出乌龙茶,传至闽北,后又传入台湾,渐渐名扬天下,多山的安溪才一年年繁荣起来,得"小泉州"的美称。

而今可谓茶都,天下名茶汇集,人与茶相濡以沫,街市上随处可见闲坐饮茶的老人,店前沏茶的少女,行走担茶的男子或少妇,茶是这座城市最为亲密的伴侣。行走之间,只觉空气里茶香弥漫,馥郁芬芳,又奇妙掺和着稻谷花生的焦香,成熟醇厚,正如这秋日的山野,让人纵然是不喝也醉了。

上得山去,便可看出安溪人对茶的娇宠,一垄垄、一排排的茶园,修剪得如时尚人儿的美发,用足了心思和功夫。

陆羽在《茶经》里写道:"茶者,南方之嘉木也。一尺、二尺乃至数十尺;其巴山峡川有两人合抱者……"在安溪的山上,也有那高大的古茶树,好些已过千年,总在云雾山上静观人间,看似淡定却是经历了无数风雨摧折。人道是铁观音好喝树难栽,但看它,虽天性娇弱但执拗不衰,时光流逝则愈加高贵不凡;也有那后起之秀,满树嫩枝叶儿,青翠欲滴,若是伸手去掐,片刻就染了指尖。

难怪采茶女扬起的手,总是绿得天真,仿佛也成了摇动的茶枝。

所以才会有那么多唱不完的茶歌。"十月采茶下长江,卖茶挑起花箩筐,一担茶叶一担歌,挑起百货转回乡。"

过去我只知道,采茶的最好时节是在清明前后,来到安溪才听说春水秋香,即便北方的枫叶红了,这地方还有一轮秋茶可采。上天赐福,借着亚热带潮热的海风,安溪过了秋分也并不觉凉意,只是风清气爽,正好上山采茶。

我们循着茶园登上了戴云山脉的一峰,刚下过雨,天空碧

/ 听茶 /

蓝,茶树上点缀着一颗颗露珠,在初晴的阳光下闪烁不定。

那灌木型的茶树枝条斜生,叶儿肥厚,光润浓绿,顶上的嫩芽却显出一点紫红,种茶人称这是"红芽歪尾桃",所谓紫者上,绿者次,正是乌龙茶的纯种。一行人斜挎了竹篓,在茶山上左手一把,右手一把,好歹摘得半筐,天已是黄昏,茶师傅喊叫收工,说采茶要趁日光,再晚就不好了。

万物皆有灵,而茶则是格外讲究,天色早晚,采茶人的心情好坏,下手如何,都会影响到茶品。"采不时,造不精,杂以卉莽,饮之成疾。"茶与人的对话古来早已有之,千万不可忽略。

从山上回到茶庄,迫不及待地将嫩叶倒在桌面大的竹筛上,恭听茶师傅的指点。

铁观音的制作综合了红茶发酵与绿茶不发酵的特点,属于半发酵,采回的鲜叶要力求完整,然后晒青、凉青和摇青。茶师傅摇晃竹筛,说摇青也叫浪青,通过旋转,使叶片碰撞,激活芽叶酶的分解,会产生一种独特的香气。

我上前试了试,所幸当年当知青插队时推过石磨,也用过筛子,功夫还在,摇一摇居然还算得心应手,但见叶片翻滚,如推波逐浪,转转停停、停停转转,悉沙声又似窗外细雨,果然随之散发出一股清香。

接下来是杀青。

以高温将茶的青味炒退,大力搓揉至不再出水为止,时辰把握一点都不得有差池,否则就会发酵过度成红茶。茶工们为此常常连夜守候,小心翻弄,直到天明。

而后,杀青过的茶要进行揉捻和包揉,这是一道更为繁复辛苦的工序,要将茶裹在白布包里,用机械加手工使劲挤压搓揉,然后热炒,再裹在白布包挤压揉搓,一遍遍的,要重复进行 25 回。

虽是秋日,但厂房里热气难挡,茶工们汗水嘀嗒,正是"谁知杯中茶,片片皆辛苦。"香茶好喝树难栽,更难侍弄,得付出多少辛劳,才有这一缕馨香?

人问茶,茶有音。

安溪民间有那识茶、惜茶、与茶共命运的茶王,做出的铁观音均为极品;三峡那边也是如此,记得有一位聋哑师傅,他听不见人语,却能听得懂茶音,做茶时,他将珍惜与抚爱一一融入茶意,竟做成绝品"玉露"茶,自此玉露天下有名。

只有听懂茶的声音,才能互为知音呵。

人与茶的对话,从种茶开始,培茶、采茶、制茶……经历了无数回合,一直到那饱满成颗粒的茶叶,色泽砂绿,状似蜻蜓头、螺旋体、青蛙腿,还要用细细的文火焙炼,再一次凤凰涅磐，才是人们期待的铁观音。

但面世之前，还得最后梳妆，去掉杂芜，精挑细选，那茶终才收拾停当。

这时轻取一撮放入茶壶，便可清晰听见壶壁传来"当当"之声。

茶道称为"音韵"，其声清脆为上，哑者为次，只有理会的人，才能听出那茶韵的山高水长，余音缭绕。而更为高明的茶师则不仅可以听出茶的优劣，还能听那茶出自何地，树龄几何，甚至为哪位大师所制，采用了何种手艺。

七泡有余香，茶的音韵和芳香是与土地、山川相连的，品茶时，那所有的乡愁都在其中了。

《茶经》道："天育有万物，皆有至妙，人之所工，但猎浅易。"说的是苍天养育万物，都有奥妙，人类所知道的不过只是一点肤浅的皮毛而已。

回望北方的白雾，便想一片小小的茶叶尚且如此奇妙，那天地之间该有多少奥秘不为人知？人类对大自然的探求从来没有停歇，但敬畏之心断然不可无，只有谦恭地聆听它们发出的声音，读懂它们的表情，才能求得彼此的和谐。

不知茶的声音，我听懂了几何？

安宁的元梅

梅是长寿的,梅也是安宁的。她静静地站立着,在风寒中,在朝代更迭、世事变幻中,在战火纷飞、生生死死中,她只管安宁地扎根于山野,以淡雅、从容的花枝朝向天空,与日月对话。

很巧的是,有一个地方就叫安宁,距昆明不足百里,那里有一株古梅,从元代至今,经历了近千年的春夏秋冬。

2019年的10月下旬,我去到了安宁,是与一群热爱文学

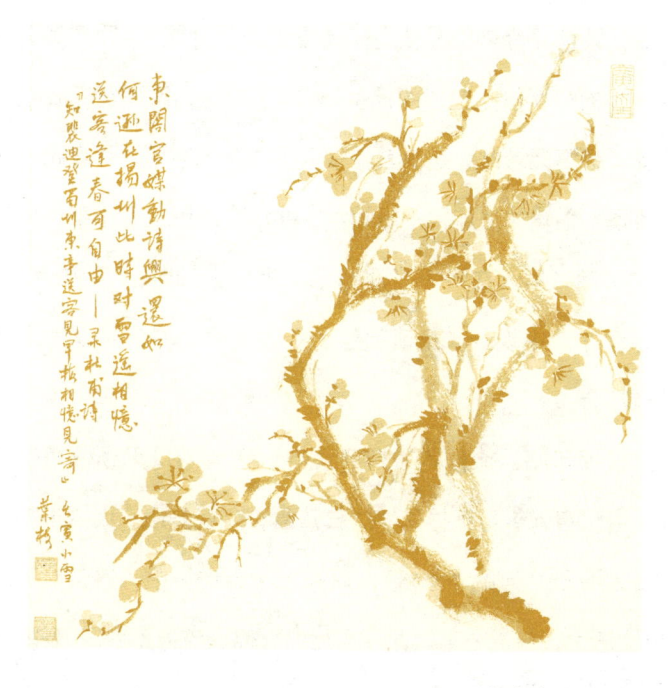

此时对雪遥相忆

的青年交流了一个话题:有一些善恶,终将由文学流传。

清晨依山而行,草木荫翳,山色空蒙,满目清新秀逸。安宁自汉代开始置县,设盐官,被誉为"螳川宝地,连然金方",峡谷间有温泉,古称碧玉。

登岩漫步,不觉来到龙山之上的曹溪寺前。这寺始建于宋代(大理国时期),四合院式,主殿宝华阁为全国罕见的木质殿宇。殿内供奉的观音、文殊、普贤三圣像,为宋代造像。

曹溪寺内有圣水延流,明嘉靖年间,五叶禅师道成重修寺宇后,请留居寺内的杨慎写了《重修曹溪寺记》,后又写下古色古香的辞赋体《宝华阁记》,刻碑于寺内,两碑现存后殿和碑廊。杨慎记录此寺是佛教禅宗六祖惠能的道场,和惠能驻地的曹溪水借喻"法流"一脉相承,并说寺的附近有小泉,每日三次来潮,后人在泉下凿池蓄水。相传来潮时,"泉神金䱔"蟾蜍会在池中现身。杨慎叙述了寺的兴衰,并说到以上这些"异境"。

崇祯年间,徐霞客曾游曹溪寺,在大门口见杨慎两碑并立,就忙着入寺觅纸抄碑。二日清晨,又找到山下大树根脚向南流入石质月池的"圣水",后来在《游记》中写道,他来时"早潮已过,午潮未至。此正当缩时,而其流亦不绝。"泉畔建有"问潮亭"。

/ 安宁的元梅 /

四海之水，皆日夜再潮，独此寺有小泉，一日三潮。

还有"天涵宝月"的奇观，传说每隔六十年的中秋时分，月光从大殿前檐的窗上直射入殿内释迦牟尼的前额，并一直从前额照到肚脐，然后渐渐消失。届时满堂生辉，人人称奇。

与我同行者，有云南当地的两位朋友晓梅与小吴，一路历数曹溪寺的种种异境，又道，寺内还有元代所植的昙树和梅树，更值得一看。

进得寺内，只觉一股清幽弥散在周围。相对这两株古树，人们似乎更重视昙花，或许是因为它难得一见的开放，带有吉祥的喜庆热闹，这寺里原有专为昙花所修建的"旁花楼"，历朝历代的官员没少为它题词修赋；而那株古梅，年年都在无怨无悔地开放，却是一片清冷，只是静静的，那些显赫的名声都给了昙花。

我听说了这些，更加想走近她，这株元代的古梅。

沿着长满苔藓的小径，远远地就看见她了，却没有我想象中的高大，瘦小的枝干，执拗地伸展着，硬撑起大大的一篷，像一顶大伞。

再走近些，便为那树下的梅根而触动了。只见细而坚硬的枝条之下，盘根错节的树蔸如虬龙稳扎，延伸数米，再发枝杈，未曾舒展又迂回冲突，造化出各种自由而别致的形状，说不尽屈曲盘旋、错落有致。

这一看便知，她就是一部历史。

想她竟然走过了千年岁月，越加忍不住要细细端详，想揣摩她的心情，她的话语。而她自然是沉默的。但看她的身躯，已然经历无数次风刀霜剑，那树皮皆枯黄陈腐，一片片呈脱落状，树身又满覆苔藓，老成褐色，新则鲜绿；枝干拐折处满是疤痕纠结，却于累累疤痕处又冒出点点青枝嫩叶，便知她其实是无限活力均潜藏在古老的身躯里。

我们去的这时节，正是天高气爽的秋日，等不到这元梅的花开，但却从她的肌体里嗅到了一股股清香。她正在养精蓄锐，等待严寒，预备着那时的花儿怒放。

在杨慎所写的《重修曹溪寺记》里可知，曹溪寺全盛时期楼殿矗立，僧俗诵经之声此伏彼起，寺管田产片片相连，每年的田租收入可观，寺里供应的斋饭，每顿几乎有千人就食。但后来因兵燹破坏，寺宇多次塌毁，又多次翻修，僧众星散，经籍碑刻荡然无存，曹溪寺几度由盛转衰，又由衰转盛。

唯有这梅树，任凭风吹雨打，烟火盛衰，她自独立于世。

同行三人在梅树前久久伫立，我突然想知道，这梅花开时，是什么颜色？晓梅和小吴均难作答，他们虽是云南人，从前也曾到这梅树前，但都未逢花开时。小吴说：我一定要在她

/ 安宁的元梅 /

花开之时再来看一看。

后来,小吴想起这事,竟作诗一首。我从他发来的短信中读到,不由又勾起对安宁元梅的怀想。

曹溪元梅

吴兴葵

螳螂川畔曹溪寺,

唐琢宋举成佛诗。

元梅一株宫粉冠,

今日相对岁月痴。

三朵

在雾霾的天气里想念三朵。

三朵是一座雪山的名字,确切地说,三朵是纳西人的保护神,为了守望丽江,他将自己化作了玉龙雪山。

在三朵的目光周围,天总是蓝的,阳光明亮热烈,他可以看得很远,一棵青稞的拔节都很清晰,美丽的山坡上生长着云杉、红豆杉和翠柏,远一些的田野里便是成片的青稞了,庄稼长得十分卖力,拔节的声响细听起来,就像是放着小小的

/ 三朵 /

鞭炮。

　　大自然有着自己的节日。这往往是在它们心情舒畅的时候。

　　可在这个北方的冬天，大自然显然是一副恼怒的面孔，它一次次发动雾霾，铺天盖地而来，北京的楼群突然变得矮小，行走的车就更小了，像一只只蠕动的蚂蚁，全然没有了平日的狂躁。人们都躲在家里，万不得已上街，也都小心翼翼地戴了口罩，白色的，绿色的，像鸟嘴一样拱起来，甚至连鼻头也尖尖的，猛一看，就像一只只鸟挪动在街上。人们意识到某种恐惧，行为会变得谨慎，就连讲话的声音也变细了，仿佛一大声，就会更加惹怒了雾霾。

　　谁知道呢？

　　前些天，我在写另外一些文字时也情不自禁说到雾霾，是因为当时它们就在我的窗外，挤压着我，恨不得要钻进屋里来似的。好在文章写完之后，天空突然放晴了，就像那些科幻片里的外星人撒下的变形军队，雾霾瞬间刷地就撤走了。二日清晨，久违的阳光竟然是那般明亮，让人忍不住眯住了眼睛，那些在冬天里还留有一抹绿色的小草，也显得绿油油的，再次碰面的人们彼此都有些恍如隔世的感觉。

　　可是，雾霾又来了。

这次似乎比上次更为凶猛,已经不是雾,而是一团团破烂的旧絮,灰蒙蒙的,沾裹着无数尘埃,预警的信号由橙色升为红色。不少单位、企业放假三天,街上行走的车辆明显减少,人们又都藏起来了。仍然显得忙碌的只有快递员,人们疯抢的空气清新器、口罩、防护外衣等,要靠他们挨家挨户地送,他们无法也躲起来。

这时候,我又想到了三朵,多么亲切的名字。

三朵和他的兄弟是保护人的神啊。

三朵首先保护的是纳西人。

纳西人有很多值得尊重的习俗,也是从敬畏天地和山川开始的,他们与三朵心心相印,相互体恤。

主要聚居于丽江、香格里拉、宁蒗、永胜及四川的盐源、木里和西藏盐井等地的纳西人,只有三十多万人口,却是一个充满智慧的民族。纳西族信奉东巴教,崇拜大自然,有很多习俗成为民间必须遵守的规定。

如不得砍伐靠近水源的森林,不得污染水源;每年春夏期间,不准打鸟、不准狩猎、不准捕鱼;不准猎杀怀孕的母兽和幼兽。不准杀死进入家宅的小动物,蛙蛇进屋,应恭送出门;不能伤害绕人飞行的蜜蜂,不得伤害燕子和捣毁燕子窝。不准在厨房锅灶里煮猫或其他野生动物。不许杀耕牛、驮马和报晓的雄鸡；忌吃狗肉、马肉、猫肉和水牛肉，传说它们都为纳西族祖先立下过功劳。

纳西人懂得，人也是动物，不过是更为智慧，发育得迅速，掌握了其他动物没有掌握的知识和技能，但不能以此来欺负其他动物。人类如果没有了忌讳和约束，会变成恶魔，人应该是最懂得感恩的动物。

重信用、讲义气为纳西人所看重，他们将遇到灾难和悲哀时得到的帮助，看作可靠的友情，甚至可以因此消除彼此平时的积怨；反之如果一个人只知在喜庆时道喜，不知在悲痛时慰问相助，则被视作人品欠佳。

主人家有婴儿出世之后，第一个偶然进入家门的人即被称为"头客"，亦称"扯生"，无论这人是男女老少、远近亲疏、贵人乞丐，都会被当作贵客接待。主人家先要舀一瓢洁净的水请头客饮下，以此祝福母子平安，然后再煮米酒鸡蛋款待头客。

在一般民居中，白天待客多喜欢在檐廊下，晚间待客多在正房堂屋，或在木楞房里，或在火塘边，讲究老幼尊卑，其正位称"上八位"或"格故鲁"，是给老人的位子。如果有老人进得屋来，屋里的年轻人要起身让座，主动问候，在有老人的场合，不可高跷二郎腿。接待客人时要坐姿端正，忌高声喧哗、猜拳行令，不得踩踏饭桌横档，当主人敬烟酒、盛饭时，宜用双手相接，并表谢意。

这些风俗与土家人十分相近。

比如，吃饭时忌把筷子竖插在饭里，忌敲碗筷，忌翻菜，忌接连不断地夹菜。一般夹菜时要招呼旁人一起动筷，夹一次停一会儿，待下咽后再夹第二箸。不要在碗底留剩饭。这在长江三峡一带也是如此，小时候，家里每到吃饭时，外婆总会不断提醒，把这些规矩称作家教。

西南各地的民族之间确有很多相通之处。感受纳西人的习俗，有着一种亲切，能体会到一个个纳西人的朴实、欢快，特别的专注和执拗。他们相信的一些道理，信奉的一些禁忌，使自己的民族在丽江雪山的怀抱里保持着一份难得的纯粹。

雪山下的山地广种洋芋、蔓菁、瓜豆和各种蔬菜，纳西人将这些劳动得来的果实做成各种风味名菜，但平常劳作时一般只是携带麦面粑粑或糌粑，选一块向阳的地方就餐。而到了节日庆典时，会用心地做一些菜肴，如"酿松茸"，用松茸菌帽酿入肉泥，蒸熟后作为祭祀，特别是祭祖的一道专用菜肴。

三朵节便是纳西族最大的传统节日，农历二月初八举行。节日期间，纳西族男女老少踏春赏花，小伙子骑上骏马，进行拔旗、拾银圆赛马活动，胜者备受姑娘们的青睐。晚饭后，人们围坐在篝火旁,能歌善舞的纳西姑娘跳起欢快的"阿哩哩"。参加"祭天"或"三朵节"的人,事前要净手,并要跨过由杜鹃枝等燃起的烟火堆,以示除秽,来表示对三朵的虔诚。

人们喜爱三朵。

三朵是天与地高大的儿子。他是整个地球北半球最南端的雪山,因此他的性格丰富多情,有着雪域的冷峻、草甸的静谧、森林的广博、湖泊的深邃,他披挂着亚热带、温带、寒带各种不同的花草植物,有白雪之上的苍松,也有四季不断的鲜花,那是上天赐予骄子的衣衫。

每次来丽江,最大的心愿就是远远地看上他一眼。拜谒他需要仰视,虽然在丽江城,无论哪个角度——只要不是碰巧被一座新修的楼房所遮挡,都能看见三朵的身影,他巍然庄严,有着帝王气象;清峻峭然,有美少年之风貌。

很早以前,三朵和哈巴是一对孪生兄弟,他们相依为命,在金沙江畔耕田度日。一天,突然来了一个凶恶的魔王,他霸占了金沙江,要把生活在此的人们统统赶走。三朵和哈巴兄弟俩不甘忍受,挥动宝剑与魔王拼杀,哈巴弟弟力气不支,不幸被恶魔砍断了头,三朵则与魔王大战三天两夜,一连砍断了十三把宝剑,终于把魔王赶走。哈巴弟弟化作了无头的哈巴雪山,三朵也化作了玉龙雪山,守护在弟弟身旁,并将自己手中的十三把宝剑化作了十三座雪峰，永远保护着善良的人们。

他得到过许多封号。历史上唐朝南诏国时期，国主异牟寻曾封岳拜山，尊封玉龙雪山——也就是三朵为北岳；元代初年，元世祖忽必烈率军来到丽江，剽悍的蒙古人也立刻被他所震撼，不禁下马叩拜，并封玉龙雪山为"大圣雪石北岳安邦景帝"。但让纳西人更为尊重的名字还是三朵。

三朵的双眸始终凝视着山下的人们，他将从天而降的雪花凝固成冰，又化为清澈甘甜的黑水、白水，终年不断汩汩流向无边的土地，浇灌树木庄稼，养育了纳西族、藏族等民族。他给了人们勇气，引导人们向往美好的生活。我一次次来到丽江，也不觉为三朵倾倒。他静默着，昂首对着寂寥的天空，是最让人心疼的样子。云雾像一位妩媚多情又有些狂放的女郎，挑逗着他，在他的身边飘来飘去，一会儿紧紧缠绕，一会儿又呼的跑开，留下一片轻纱，三朵的身姿配合着她的舞蹈，却是一种从未放弃的守望。

在丽江每次会遇见一些相熟的朋友，聊起曾经说过的一些话题，或者什么也不用多说，只是相逢一笑，就有许多默契在里面。而三朵——玉龙雪山也仿佛是那样一位熟识的、令人尊敬的朋友，他默默地站立在那里，一动不动，仿佛就是为了等你来，面对雪山的峻峭仙姿，心里会莫名地感动，为他做了什

／三朵／

么呢？值得他如此坚定，如此长久的等待？

但实际上，无论你来与不来，他都在那里。

人有的时候，常常放大了自己的多愁善感。那天在雪山下的一处地方，见识一场声势颇为浩大的歌舞，人们高声呐喊着："玉龙雪山，我来了！"我抬头见那雪山绝顶，果然是已经离得很近，就连雪峰岩石的皱褶都能看得一清二楚，那些细致的刀刻一般的纹路，是三朵年轮的沧桑，他本是不愿示人的。他已经给了人们太多太多，那么你来了，又该怎样呢？

显然，三朵并不喜欢被过度打扰，迄今为止，从来没有人能登上他的主峰，就是最好的说明。三朵的主峰叫扇子陡，可以想见一把立起的玉扇，支棱的扇骨就是那些陡峭的绝壁，海拔最高处有5596米，是世界上北半球纬度最低、海拔最高的山峰。虽然与珠穆朗玛峰相比，他只是一个小兄弟，但已有无数登山队攀上了珠穆朗玛峰，三朵却执拗的一次也不肯接纳。

那些无功而返的登山队，领教了三朵的无比冷峻和严酷，他们终于意识到，三朵是不可冒犯的。他是雪山中最有性格的男子，他的心思，或许只有与他相伴的哈巴兄弟知道，他们之间的话语，也只有汹涌澎湃的金沙江和随风飘动的云彩，还有纳西的智者东巴长老才能明白一二。三朵毕竟是神。

虽然我没能生活在丽江，但三朵也早已成为我心中的神，就如在我的家乡三峡，那些高耸入云的山峰，神农架、巫山，那一座座接天地之灵气的山，在我心中永远不可逾越。

除了敬畏，我还能做什么呢？

如果我是一个诗人，我一定要为三朵写一首诗。

那些生活在雪山脚下，日夜陪伴着三朵的人是幸福的，而我从远方来，只能远远地看上他一眼。这是我的选择，不想登上雪山，不想惊扰三朵，能为你做的，就是减少踏在你身上的脚印，我离你之远，正是心中之痛啊。

如果想着三朵，最好的去处是古城流淌的小河旁，那冰冷的雪水透着刚直的气息，那都是三朵带来的。早先，就是因为有了这些小河，人们才择河而居，才有了木府风云，有了四方街上的锅庄。

走在小街上，身旁的流水时时带来欢欣，尤其是在夜晚，水面上流光溢彩，一对对情侣携手而行，河里那盏盏莲花灯，粉红的花瓣映着烛光，摇呵摇呵，随水远去。

这古城早已是闻名天下，来开酒吧茶座的，大多是外地游子，有江南口音吴侬软语，也有川贵高原康巴汉子，还有西北女子，北京哥们儿，几乎全国各地的都有，他们欢喜地过活在丽江，这从他们的愉悦轻松的神情中可以看出，眉眼顾盼，双肩松弛，想唱就唱，想跳就跳，满街风情如此，何处的浪漫可

山路十八弯
壬寅冬回想蜀西 叶梅

以与之相比呢?

　　这两天的夜晚,在北京我所住的小区一片安静,没有了往日赶集似的散步、遛狗的人,也见不着平日雷打不动跳广场舞的女同胞。我大胆下楼走了一遭,雾霾笼罩着的小区一片昏暗,只有一位清洁工在弯腰清理垃圾。

　　可是以后呢?雾霾怎么会说来就来?它不来的时候躲在哪里?突然消失之后又去了何方?在我的三峡,屈子有过《天问》,如今我想问屈子和三朵,可知否?

　　三朵,我是明明感觉到你是心存忧虑的,你逐年消瘦的面容将你的忧虑流露出来。

　　全世界几乎所有雪山的雪线在逐年上升,有说因为全球气候变暖,因为污染造成的臭氧空洞,因为过度开发……还有什么比此更让人担忧的呢?它们比雾霾更为严重,意味着生态底线在受到威胁。如果将来有一天没有了雪山,河流就会干涸,土地上的庄稼树木就会干枯,人呢?该往何处去?我们如何才能走向未来?

　　三朵,你已经给予了人类种种暗示,现在到了我们该好好理会的时候了。敬畏和爱惜三朵,是对我们自己的拯救。三朵,请你一直注视着,不要闭上你的眼睛。

云之上

神农溪，一听就是从高高的神农架流淌下来的，是那位伟大的祖先洒下的生动甘甜的水，又仿佛是他的孩子，从他宽阔的胸前一跃而下，欢快地蹦跳着，一下子就好远好远。炎帝神农岿然慈祥地站立在云端，胡须化作茂密的丛林及藤蔓，想挽住溪流的脚步，但只是一把搂住了，小溪转瞬间又调皮地挣脱开来，一直往前奔跑，直到流入长江。

所以，在长江边上就闻到了神农架的气息，清凉、洁净

神农溪
又被人叫
做沿渡河，
靠近下游的
一般又叫
龙船河
这边名字让人
觉得喜气洋洋
有一种乡土
家园的浓郁
温暖扑面
而来
"大江小河也"

壬寅秋 叶梅

神农溪水

的,带着万千树木和药草的芳香,只需片刻就让人的心静了下来。从喧哗的都市奔波而来的一行人,本来好生疲惫,好多头绪,见人就说话,但其实自己也觉得大多是废话,却又像刹不住的车,乏力却又停不下。城里人就这么一天天活着。而走进这山里,不知不觉地轻松了,即便不说话,也能从各自的目光里读懂彼此,就像一块裹在尘土里的布,哗的被洗掉了尘埃。

住在神农架的第一夜,好几次猛不丁地醒了过来,久违的安静已让人陌生,竟有些不适应。北京家里的楼下是一条车水马龙的大街,昼夜车流不断,人的神经早就被那嗡嗡的嘈杂声所麻木,到这寂静的山林里竟苏醒活跃起来,居然难以入睡。

不禁索性披衣起床,面窗而立。呵,人说神秘、神奇、神农架,可知这里的夜才是最为神奇的。朝窗外一眼望去,尽是墨汁一样的黑,天地之间万籁俱寂,只有穿行在山林里的风,将树的琴弦轻轻拨响。站在窗前好一阵,依稀从夜色中辨认出远方群山的影子,它们就像一个个挽着手的巨人,以亿万年不变的姿态憨厚地屹立在那里。

这里曾经是汪洋大海,而后成为高山。

屈原在他的《天问》里首先问道:"遂古之初,谁传道之?上下未形,何由考之?"两千多年前,诗人诞生于大巴山神农架下的秭归,他昂首问天的高度,或许正对着云朵之上的这些神秘山峦，因此而引发他无穷的奇思妙想，试问远古最初的情形，究竟是谁传播下来的？那时天地尚未形成，从何处得以成型？

一部《楚辞》成为世界经典，而民间话语就如深山的灵芝自顾自生长，在这个不想入眠的夜晚，我打开了神农架的主人相送的一部蓝色封皮的线装书《黑暗传》。早些年便听说过此书，是一部讲述天地和人的起源的民间歌谣唱本，这次到神农架，一开始的惊喜除了空气和水，就是这本书了。迫不及待地打开来，见是一位名叫胡崇峻的民间文艺家搜集整理，曾在神农架当过修路工而后成为书法家的袁学林近年行书撰写而成的，温厚的纸张，稳健灵秀的书法，三万五千字的歌谣，字字句句散发着墨香。

诗曰：
天地合德，日月合明，
盘古开混沌，苦难救众生。
日月升天有岁月，天地万物从此生，
夜有雨露昼有晴，千秋万代转金轮。
盘古老祖来分水，
手拿一个葫芦瓶。

分开葫芦瓢两把,

连忙舀水忙不停。

一瓢水叫天上水,

化作天河雨淋淋。

二瓢水作江河水,

向东流去永不停。

三瓢化为湖中水,

湖水不干水族生。

四瓢水作大海水,

大海鱼龙好藏身。

五瓢水作无根水,

在山为雾在天云,

万物有它养性命。

这部被专家们称为汉族首部创世史诗的《黑暗传》,于明清时期就开始流行,但在之后的许多年里悄无声息,藏匿于民间,混同于人间一些永久的秘密,几乎就要重新归于大自然,所幸当代人的有心挖掘而得以重现。《黑暗传》融汇了混沌、盘古、女娲、伏羲、炎帝神农氏、黄帝轩辕氏等许多历史神话人物事件,可谓远古时期的"活化石"。有趣的是,书中充满了口语化、生活化的叙述，诸多神仙圣人在这里都成了有血有肉的人，他们吃喝拉撒、交媾生子，扯皮打架，斗狠斗法，跟常人一样的喜怒哀乐，凝聚着芸芸众生对世界的解释与想象。

捧书夜读，窗外的黑暗中似现出点点星火，人说比风还要快的是思想，最能覆盖大地的是黑暗，在这一片黑暗之中才会越加感觉光明带给人的鼓舞。《黑暗传》正是光明之物，那些了不起的民间歌者忠实地传唱着遥远的过去，人类从天地不明的混沌中走出，与那些隐语似的神话世代相守，让后人从中获得种种启迪和暗示，而得以坚韧向前。

"民生各有所乐兮，余独好修以为常。""路漫漫其修远兮，吾将上下而求索。"由长江与汉江相拥的大巴山一带沟壑纵横、层峦叠嶂，是浪漫主义的生长之地，也是必须艰辛求索才会有所收获的险峻山地，炎帝神农架木为梯、尝遍百草，屈原上下求索，《黑暗传》代代相传……

这一切，都在我眼前的天地之间。

虽然我只是一个行者，但神农架在我心里已相知多年。

小时候住在巴东县城嘎嘎的木楼里，三峡一带的人都将外婆叫作嘎嘎，她时常指着长江对面远处的神农架，说那山里有"野人嘎嘎"，娃娃要是不听话，野人嘎嘎就会来抓娃娃。她说的故事跟格林童话的"小红帽"有些相似，但装作外婆的不是大灰狼而是野人，野人一直躲在屋跟前的杉树林里，等娃娃的嘎嘎一出门，就包上头巾捂住脸去敲门，瓮着鼻子说："嘎嘎回来了，快开门。"娃娃还只是把门打开一条缝，野人嘎嘎就一伸手把娃娃给抱走了。

抱到哪里去了呢？

娃娃最怕听又最想知道的是后来呢？

嘎嘎说，野人嘎嘎把娃娃抱到山洞里去了，娃娃饿了，野人嘎嘎就给娃娃喂奶，娃娃吃了之后变成了小野人，浑身长满了黑毛。

娃娃不甘心，她知道故事还有一种结果，真正的嘎嘎回到屋里一看娃娃不见了，就知道是野人嘎嘎干的坏事，赶忙就敲起了锣，"抓野人嘎嘎哟！"大山里喊话传不远，有了急事就敲锣，"抓野人嘎嘎哟！"

锣声一响，四面八方的人都赶来抓野人嘎嘎，但它跑了，跑得飞快，谁都追不上。好在娃娃被救了回来，好险啊。嘎嘎每次说到这里，都会紧紧地抱住娃娃，说：嘎嘎不在家的时候，别人敲门不能开啊！一开野人嘎嘎就来了。娃娃会听话的连连点头。

听这故事的时候，我才几岁。神农架发现野人的说法后来形成轰动，但其实大山里早就有过关于野人的传说，只是到后来，随着人类活动日益频繁，越想弄明白反倒越难用事实来证明，"野人"到目前还只是一个传说。

1983年的秋天，我第一次走进神农架，只见山路弯弯，路侧的河沟里躺满了被砍伐的树料，等着春季山洪来时冲到长江边，然后再由那里的人扎成木排，顺水放到长江下游一带的大小城市。山上不时可见穿蓝色工作服的林业工人在紧张劳动，他们拉动电锯，放倒一棵又一棵松柏冷杉，一片又一片山头成了秃头。那些没了树的山坡种着些玉米，长得有气无力的，瘦小的杆子，一阵风便吹倒了。那一行使我对原始森林的向往大失所望，打那以后，我一直怀疑神农架的森林是否还能在工业化到来之时得以存在。

历史上，神农架因为沟谷深切，高低落差，既有三千多米高的"华中屋脊"，也有一百多米的低谷平地，气温悬殊四季花开，早在19世纪因为极其丰富的植物而在世界上为中国赢得了"园林之母"的称号。

一位爱尔兰籍的英国人奥古斯丁·亨利很早注意到神农架的植物，他1881年来华，在好些年里担任英国驻宜昌海关的医务官，他显然是一位兴趣广泛的人，不仅学会了汉语，还在三峡、神农架一带采集了大量的植物，之后将五百多种样本带回英国，送给了大英帝国有名的基尤花园，其中的许多珍稀物种经过培育，后来成为世界著名的园林植物。

这位医务官一生的辉煌不是在医术上，而是因为在中国的惊人发现而名声大噪。他在英国《皇家亚洲社会》期刊上发表了一份关于中国植物物种名单的论文，宣称自己在遥远的中国内地发现了一个"惊人的地方"，那是人类梦想中的"伊甸园"。他所指的惊人的地方就是神农架。

医务官的论文很快吸引了科学家们的注意，英国当时最为著名的自然学家、植物学家、探险家欧内斯特·亨利·威尔逊便于1899年开始了他的中国西部之行。

当时大巴山的崇山峻岭里根本无法行车走马，人的攀爬都极为艰难，但这位执着的科学家吃尽苦头，先后四次深入神农架的茫茫原始森林里，冒着随时都可能受到野兽虫蛇伤害的危险，前后收集了4700多种植物，65000多份植物标本，其中有人们最为喜爱的"鸽子花"——珙桐，以及中华猕猴桃的种子。威尔逊雇用了二十多个当地人，用三峡人的大背篓将这些数不清的植物背出了神农架，又运到了英国。

后来，中华猕猴桃在这位英国植物学家的改良培育下，成为苏格兰最重要的出口水果，且是后话。在当时的1913年，他很快发表了《威尔逊植物志》，其中有4个新属，382个新种，323个变形的木本种。这些大多来自中国西部的植种立刻

横亘于长江
汉水之间
那一片云朵
之上以高地
神农架
峰峦叠翠
峡谷幽洞
瀑布溪流
炎帝神农
曾在此
架起云梯
攀山登崖
寻百草
山名由此而来

青云梯

在世界上声名远播。神农架再一次造就了一位科学家的辉煌，威尔逊不久应聘担任了美国哈佛大学植物研究所所长，并于1926年在美国出版了激动人心的著作《中国：园林之母》。

神农架，世界为你骄傲。

毋庸讳言，"园林之母"在其后的岁月里曾经遭受过几次重创，中国人对生态环境的危机感终于苏醒，神农架人在20世纪的80年代中期彻底意识到该说"不"了，他们放下电锯和猎枪，林业工人由伐木人变为守林人，狩猎者变成了动物保护者。

眼前的事实是，由木鱼镇到大九湖、华中第一峰……当年所有那些光秃秃的山头已然是绿树葱葱，放眼望去，满山遍野是那十分醒目的清雅挺拔的冷杉林，还有倔强蓬勃的乔木映山红、粉白杜鹃、灯笼花，以及无数叫不出名字的藤萝野草。而人们能走进的这些地方只是神农架的一小部分，在我们的视野之外，还有大部分山峦和森林都在被封闭的保护之中，被科学家们认定为当今世界中纬度地区唯一保存完好的亚热带森林生态系统。

面对那些未曾开发，难以逾越的，森林覆盖的山峦，我想除了科学家，我们宁可多一些敬畏以及无尽的猜测和想象，而少一些进入。

或许，野人嘎嘎就藏在那些人迹罕至的林子里？

当地朋友提示：想到神农架可以乘车来，可以坐飞机来，可以先乘高铁再坐车来，还可以坐着游船来。

汉代的绝世美女王昭君，当年从她的家乡——神农架流下的香溪河去到京城长安，从春走到了夏，回眸一望，桃花水已成满溪清荷，山高路远，昭君从此再也没有能够回家。而如今的千里之遥只在几个小时之间。现代化给这个被联合国授予"世界地质公园"的地方带来无穷变化。

从宜昌进山的高速路穿过一个又一个长长的隧道，车灯映着洞壁上的蓝底白字：3500 米、2800 米……风驰电掣，过去翻山越岭大半天的路程，如今只是一眨眼的功夫。穿红披绿的游客们用手机拍着美景，瞬间就用微信将所拍的图片发到了朋友圈，苍茫的大山与世界的联系只在分秒之间。

万千变化，但科学用另一种语言，证明大自然的变与不变。1983 年，出席国际地质学会的法国、英国、联邦德国、加拿大、澳大利亚、苏联和中国的 23 位学者对神农架地质进行了考察，认为此地完好保存着史前寒武纪的地质结构。也就是说，神农架的顶天立地浩然之气，有着自亘古而来的巍然不变，它俯瞰华中大地，长江东去，养育着万千生物。

神农架的大龙潭周围，愉快地生活着伴随人类从远古走来的金丝猴群，目前全世界的金丝猴已所存不多，但神农架的猴儿有增无减，与善待它们的人相处甚欢。这些聪明的猴子善解人意，当并无恶意的人走近时，它们会毫不戒备，成群结伙的或蹲或跳。养猴人站在它们中间，一把把抛洒玉米，猴儿们也不争抢，绅士般地捡起来不慌不忙地塞到嘴里。身材高大的猴王面目威严又颇为自得地蹲在高处，小猴儿在母猴身上拱着吃奶，一些调皮的猴子在树上嗖嗖地跳来跳去，一片太平景象。

那天我们来到大龙潭经过猴群时，一只皮毛光滑的大猴子突然就跳到了散文家丹增身边的木栏上，并一手按住了他的肩膀。丹增曾在西藏和云南工作多年，对动物和植物都自有一番心情，他马上笑着说："你好哇！"

猴点头，似已会意。丹增再开口，用了藏语，我们听不懂，猴却听得入神。我走过去为他们照相，猴也不怯生，只是与丹增对视着，像是有万语千言。好一阵，猴都将手搭在丹增身上，不愿意放下。人们催促再三，丹增对猴儿说："我走了，有机会再来看你。"

猴嚅动嘴唇，再次点头。

丹增与大家走出老远，那猴还一直动也不动地蹲在原处相望。人们无不称奇。

二日晚在与当地朋友座谈时，丹增感慨道："那猴子或许是我的祖先，又或许是我前世的恋人。"一语惊四座，但了解藏族历史的人知道，却是话出有因。藏文史书《西藏王统记》中，有一段"猕猴变人"的传说记载，相传普陀山上的观世音菩萨命其猕猴徒弟，由南海到雪域的西藏来修行，为了度化西藏，猕猴与当地的女子结合，生下六只小猴。小猴长大后，又生下了五百只小猴，如此愈生愈多，眼看树林间的果子也渐渐稀少，观世音菩萨便命老猴到须弥山中取来天生五谷种子，撒向西藏大地，这才长出了各种谷物。猴子改吃五谷，尾巴渐渐缩短，逐渐进化成人形，成为藏族的祖先。

在西藏有一处名为"泽当"的地方，"泽当"在藏语里的意思即"猴子玩耍之地"，靠近泽当东方的贡布山上，传说还留有当年猴子们栖息的"猴子洞"，而离泽当不远的撒拉林，正是传说中老猴在那里撒过谷的地方，有"藏族第一块田地"之称，至今每逢春耕时节，藏人们仍要到这里抓一把"神土"，以保佑丰收。

金丝猴与丹增的亲密相处，使大家增添了对猴儿们的珍惜与怜爱，也增添了对那些曾精心呵护猴儿的神农架人的敬意。从过去一些老照片里，我们看到一位工程师身背一只金丝猴，那猴儿趴着的样子就像一个撒娇的孩儿；还有一位中学校长拿着奶瓶给小金丝猴喂奶，他盯着猴儿的目光则慈祥得像一位老爸爸。这位名叫廖明尧的校长，后来又做了多年的文化宣传工作，几番接触下来，廖先生山里人的性格毕现，他每当说起那些猴儿，还有神农架的一草一木都如数家珍，语言鲜活，带足了感情，他爱它们。

我们为神农架的猴群庆幸。

那些珍贵的猴群在神农架的山林里逐渐增多，且自由自在温饱无忧，相比之下，世界上还有不少动物因为人类的捕杀和虐待濒临灭绝，21世纪的生态问题日趋严重，早已到了刻不容缓的地步。我们来到神农架的日程里，有一个重要的话题就是建立"全国多民族作家生态写作营"，朋友们从美国作家梭罗的《瓦尔登湖》说到神农架，在这片净土之上，我们有更多的理由呼唤人类对植物、动物的保护，对天空河流山川的敬畏，对生态的了解、研究和书写。

当我写下这些文字时，北京正面临着这个冬季最为严重的雾霾天，窗外是一片几乎伸手不见五指的灰蒙蒙，楼群瑟缩在雾霾的包裹之中，所有的人走上街头都戴上了白色的口罩，网络上关于雾霾的段子让人哭笑不得："半城白雾半城灰，汽车慢得像乌龟，三米之外不见人，任你鸟儿也难飞。"还有某医院感染控制科主任建议："这两天必须要出门的话，进入室内后就要将附着在我们身体上的霾及时清理掉，以防止$PM_{2.5}$对人体的危害。清理的方法是一进门就做三件事：洗脸、漱口、清理鼻腔。"

我整整一天没有出门，我庆幸通过手中的笔，让自己又回到了空气无比清新的神农架，并在阳光下看到那些快乐的猴儿，与它们共舞。

神农架的大九湖，在传说中是天神撒下的九颗珍珠。高山顶上，这些水色幽暗的湖泊真的就像蓝色的宝石，不时可以看到它们神秘闪动的光芒。这时已临秋季，湖里还可见到一些秋荷的残叶，更多的是金色的芦苇，迷茫的花絮招摇着人眼；湖的上空布满了火烧云，大团大团地飘拂着烈焰似的云朵，映得湖水半是碧蓝半是红晕。

入夜，一幢民居楼旁边搭起了戏台，一家网络公司与神农旅游集团宣布共建平台，一位西装革履的年轻人在台上讲话，描述了此番事业的前景。台下的场坝里聚集了好些来看戏的村民，似懂非懂地听着，不时打听戏啥时候开演。戏台两侧早已有穿了彩服的演员走动，几个道具箱堆放在民居的土墙旁，一个套在脖子上的围鼓让人看了新奇，有朋友忍不住拿起试了试，旁边一位老人说："你拿倒了。"

大家都笑起来。

演出的节目有流行鄂西一带的山歌《妹妹你来看我》、皮影戏《穆柯寨》、堂戏《七仙女和董永》，最为拿手的是神农架的梆鼓,四个穿着白底黄边对襟褂子的中年男子上得台来,一边敲起手中的锣鼓,一边唱道:"锣儿本是黄铜打,暗合太阴与太阳,锣槌一个鼓槌一双,让我四人进歌场。"接下来唱的正是大书《黑暗传》中的片段,"神农出世生得丑,头上长角牛首形,父母一见心不喜,把他丢在深山里,山中遇着一白虎,衔着神农回家门。"

夜里的大九湖寒气上升,温度与白天相比至少低了10℃,我们一行人坐在露天的长板凳上,听着梆鼓子,却不觉夜色已浓。与丹增同坐在一条板凳上的是另一位散文家王巨才,他俩一个西藏人,一个陕西人,都不太听得懂台上的唱词,但也都坐得稳稳地,显然是浓郁的民间气息让他们如鱼得水。同行人中只有我与这片土地最为熟悉,乡音让我解得其中的好些妙处,梆鼓唱到白虎救了神农,便是一件大事,须知土家人将白虎奉为图腾,神农在这一带也被土家人认为是自己的祖先。

这里面有许多学问,只能留着慢慢咀嚼。

但见一轮明月渐渐升起,斜挂在这民居房顶后的树梢上。房顶已有些破烂,一蓬野草冒出房檐,但屋后的天边,那冉冉升起的月亮,将这幢茅屋勾勒如一幅奇美的古画,让人不禁想起明代著名画家沈周的一些传世之作,如《夜坐图轴》,画的正是松林之下一茅舍,于奇峭山色,小桥流水之间。那古画的清雅天然，恰似这眼前的情景，让人叹息，究竟是那画的高妙，还是眼前的山水高妙呢？

茅舍旁却是这户人家修的新楼，一位头上裹着白帕子的农妇倚在门前多时，一边看台上演戏，一边照看着房前屋后。见她转身进屋的当儿，我也跟了进去，只见屋里火坑烧得正旺，土墙上挂着一排腊肉，吊锅里热气腾腾。她招呼我坐下，问喝茶不喝茶？神农架的人见客进门都是要筛茶的，于是围着火坑坐下，跟她聊起来，问她为什么不住在新屋？她说新屋让给儿子一家住了，她觉得还是旧屋好，旧屋里住得舒服。

说着话，门外的戏台上一阵锣鼓铿锵，不由又跟了出去，一抬头，屋顶上的月亮已升得老高了。月亮周围浮动着白白的棉花般的云朵，湛蓝的夜空，云朵那细密的绒毛也竟然是一清二楚，仿佛一伸手，就能触摸到。人在神农架，果然与天地近了好多啊！

火塘古歌

红河哀牢山的梯田蔚为壮观,一条条带状的水田绕山而行,从山脚到山顶,层层叠叠,站在山脚,给人的感觉犹如面对一架直抵云端的天梯。虽然我没有见到油菜花将它染成金黄的样子,但泥土堆砌而成的天梯让我震撼不已。

侍弄梯田,是哈尼族擅长的技能,有着千年的传统。

哈尼人将一年分为三季。这是他们对人类历法的一大贡献。根据哀牢山区的气候特点,他们将全年分为冷季、暖季和雨季，每季四个月。暖季来临，正是夏历的早春二月到盛夏五月，每逢这个季节，哈尼人就要开始了梯田的耕作，这是他们最为繁忙的日子，浸泡和播撒谷种，准备好充足的肥料，一旦雨季到来，便立即开始稻秧的栽插。

他们一年只种一季水稻，收割完油菜，天梯似的良田插满青青的稻秧，不久便迅疾长高、抽穗，渐渐就有了风姿绰约的样子。等到中秋时节，天气开始转为清凉，稻谷也渐渐发黄了，沉甸甸地垂下头来。饱满的时候常常都是低调的，这跟其他很多事物都一样。这时，哈尼人会在田边地角搭起窝棚昼夜守护，防止野兽糟蹋庄稼，只有亲手种田的人才懂得，一颗颗稻米是多么来之不易。

之后的秋收不是一天就能完成的，割完这一块，再割那一块，梯田的模样因此每天都在变换着，就像一位英俊少年手中的画板，不断涂抹出新的颜色，由深黄变为浅黄，又由浅黄变为黑色和绿色。接着，在颗粒归仓的快乐之中，哈尼人土掌房的炊烟飘出了新米的香味，那是一股带着甜味的芳香，让农人心满意足，钻进人的鼻子里，便舍不得让它再出来。

尝过新米之后，冷季就要渐渐来临了，哈尼人抓紧时间铲埂修堤、犁翻田土、疏理沟渠、放水泡田，好让梯田过冬。这时候的梯田称为冬水田，从山溪引来的泉水饱饱的灌足每一层梯田,土地的感觉就跟人在泡澡似的,浑身上下都舒展开来,静静的放松休息。到了第二年的暖季,被泡得酥软的土地就会像母亲一样,温厚地迎接稻种和秧苗,将它们深抱在怀里。

哈尼人种田的过程是一首诗。

整个冷季也是农人们一年之中最为惬意的时节,哈尼人过年要"祭龙",探亲访友,说亲嫁娶等,该办的喜事、要紧事都会挑在这些日子,让亲友们借机欢聚一堂。哈尼村寨一般住着数十户人家,多的有三四百户,过去的住房是土木结构的土掌房,坚实的土墙,厚重的蘑菇形草顶,具有良好的通风效果。

但现在的房顶早已盖了机瓦,或是水泥现浇,一代代年轻的哈尼人将城市的生活方式带回到昔日偏僻的村寨,哀牢山也在不停的变化之中。

虽然老人们到今天仍然对草顶房念念不忘,说不仅遮风挡雨,还能使房内冬暖夏凉,干爽透气,年轻人还是觉得新式的房子更方便。

见到哈尼人的村寨,我感到很亲切。跟我曾经多年生活过的武陵山区有很多相似之处,哀牢山里同样也湿度大,地气重,接近地面的第一层房屋一般都不住人,只做堂屋、灶屋和火塘。土家人爱住"吊脚楼",一层栅栏似的用于透气,跟哈尼人一样，也是第二层才住人，顶层大都堆放粮食杂物；并且都爱在家里挖一个火塘，或者用土筑成方形的地灶，从山上砍来一些干枯的树蔸，常年在火塘里烧着。

白天用灰掩住明火，夜间拨开，轻轻一吹火就跳跃起来，一家老小会围着火塘而坐，来客也会被请到火塘边喝茶抽烟。有的人家还在火塘边筑有灶台，一边炒菜做饭，一边有说有笑。许多温馨、暖烘烘的故事和歌谣就是从这里开始的。

人们会忘却了劳作的辛苦和生活的烦忧，进入到故事歌谣中的世界。那或者是久远的，从前的从前；或者是身边的、熟悉的和陌生的，有的开心、机智幽默，也有的忧伤、惊险曲折，大家会心不已。

秋房选在属龙的日子

龙是哈尼离不开的大神

秋房是天神地神的在处

每年的六月

他们来到世上和哈尼过年

这是哈尼人的一首古歌，讲述了族人对龙的尊崇。他们每年要过两个年，一个是"六月年"，红河一带又叫"苦扎扎"，村寨里最重要的事情是要杀牛祭祀"秋房"。正如古歌所唱的那样,秋房是为天神造的房子,每到六月,天神就会降临,住到秋房里,与哈尼人一起过年。哈尼人对天地和大自然怀着敬畏和感恩,当自己享受欢乐的时候,也要把天神请到一起来同乐。

六月年里,大家会聚集在一起荡秋千、摔跤、唱山歌。相互爱慕的男女早就盼着这样的日子,他们约会,山歌是他们最好的媒人。满山盛开着杜鹃花,一群群姑娘打着伞,穿着白色的衣裙,也像一朵朵娇艳的花儿,在小伙子们的目光追逐下,闪动在花丛中。小伙子们成群结队,或吹着巴乌,或弹着琴弦,向着自己的意中人,唱出自己心中的歌。两人对上眼之后,会十分默契地向寨子后面的山林而去,两人一唱一答,从姓名年龄到家庭,从天上的白云到梯田里的秧苗,俩人相互考试,对得上就越走越近,对不上则各自东西。

有些话要大声唱出来,而有些话只能悄悄地贴着耳朵讲,钟情的哈尼姑娘与小伙子从一开始嘹亮的歌声到后来的小声哼唱,就意味着情投意合。长辈们远远地听见,也就笑了,心想又将成就一件好事,会有一对新人的喜酒要喝了。

哈尼人过的另外一个年是"十月年",村寨里要摆上长街宴。在红河县的甲寅乡,便是长街宴的发源地,每年一次的长街宴盛况空前，名声传得很远。乡民们会捧出自己最拿手的酒菜，寨子中的大街，一桌连一桌，可达千余桌，人称龙头接龙尾，大家同吃一锅饭，同喝一缸酒。

这样的日子是离不开歌的。

哈尼人常用的乐器有三弦、四弦、巴乌、笛子、响篾、葫芦笙等，巴乌是哈尼族特有的，用竹管制成，长六七寸，七个孔，吹的一端加个鸭嘴形的扁头，音色深沉而柔美。

村寨里的歌手唱的最为认真的是古歌"哈八"，还会唱"阿其估"情歌、"阿迷车"儿歌，一共三大类。"哈八"囊括了哈尼族的历史、传说、族源、民族迁徙、山地农耕、历法节令、人生哲理、宗教信仰，多在婚丧嫁娶、节日祭祀等一些场合吟唱，曲调庄重严肃。歌手还会即兴发挥，将村寨里的故事编成歌词，告诫人们如何尊敬老人，抚养子女，如何推算年月，如何栽种稻谷。会唱哈八的歌手是村民极为尊重的人。做父母的会教导自己的孩子将歌手的歌烂熟于心，甚至倒背如流，告诉后一代，将受用一生。

犹如在梯田里耕作一样，哈尼人对诗歌的热爱也有着深厚的传统，红河有一个哈尼诗人群，当地的刊物《诗红河》上经常可以见到他们的诗作。有一位诗人陈强，他写了很多诗，都是他用生命点燃的火光：

/ 火塘古歌 /

我是樵夫

砍伐　搬运　点燃

温暖一点一点

从我的火塘弥散开了

向着春天

静静燃烧

哈尼族诗人哥布有很多重要的诗,最先并不是发表在刊物上,而是流传在乡亲们的火塘边。他用母语写下长诗《神圣的村庄》,然后带着手稿在火塘边给乡亲们一节节诵读。一部长诗即是一部戏剧,莫匹、咪谷、女巫、诗人及当家的男人女人等,村庄里的哈尼人生,这些故事既在诗歌里,也就在火塘边的父老乡亲之中。哥布他读一段,乡亲们也情不自禁跟着唱念一段。随着诗行,人们回到祖先曾经的岁月,重新回味所有的欢欣与悲伤。

我是一个年过半百的女人

已所剩不多

我那阳世的口粮

我活在阴阳两界

在灵魂和肉身之间来往

我甚至模糊了

人的意志和神的思想

当我想起祖先

就仿佛看见了他们的脸庞……

哥布的另一首诗《生活就像祝福的词语》，借女巫之口，穿行在现实与理想的通道上，同时向人们展示了一幅幅哈尼长卷，蓝天、梯田、蘑菇房、寨神树、苦扎扎、十月年……人与自然，人与人相互间心神交流，火塘新的古歌在当代人的创造中，回荡在红河与哀牢山间。

那一层层朝向天空的哈尼梯田，也正如一层层壮美的诗行。

明亮的小城

那年到红河,先是住在蒙自小城里。

未去之前,从地图上看是在云南的东南部,离着越南很近了,因此便模糊地以为一定是荒僻冷清,甚至青草杂芜神出鬼没的地方。但从昆明出发之后,没想到一条高速路迅捷地往前延伸,说话之间就进了蒙自城。

却是一派玲珑秀美,猛一看,倒仿佛是江南的某一处城镇,再稍加细看,发现比那边又多了好些天然。

突然感觉这小城格外的明亮。亚热带的阳光，一早起来便热烈着，虽然已是金秋，但仍然灼灼的，丝毫不减热情。而那份热却只是灿烂，并不酷烈，人说即使在盛夏，这里的气温也不会超过35℃。用流行的话来说，是最适宜人居的地方。

充足的阳光之下，伴着干爽的凉风，让走在街头的人不由升起一份饱满的心情。那明亮，显然给所有的景物都增添了颜色，在满目的碧绿之中透出有层次的金黄、浅黄，或者光晕，闪烁着若有若无的光泽。倚着绿树而建的房屋楼舍都仿佛带上了金顶，像一座座童话中的殿堂和小屋。

无疑，小城的明亮除了阳光，还因为空气的洁净。

当地人很骄傲地说蒙自是氧吧，你要不信，使劲吸一吸就会有感觉。果然，丝丝的清甜沁人肺腑，完全没有大都市里的浑浊和憋闷。

天是蓝的，无论什么时候，只要不下雨，不阴天，只要阳光洒射，在蒙自这小城里，天就会是蓝的，蓝得毫不吝啬。近些年里，在一些大都市里生活的人们见了蓝天都感觉好珍贵，恨不得抱住不让走。明知是抱不动的。雾霾不时地涌来，蓝天成了奢侈品，某一天出了太阳，也只是昏昏然，像裹了些灰尘，抖落不干净。

而蒙自的天空蓝得纯清，衬得大朵小朵的云儿格外的雪白，悠然飘浮着。眼前所有的景物都因为空气的透明而清晰如画，一幅幅清秀的、热闹的、变幻着的画卷。

可以很清楚地看见远处的山，哈尼人和彝人曾世代聚居的目则山，灵性十足的蜿蜒伸展，亲切地环抱着小城，那山似乎带着一种含蓄的母亲般的微笑，与城融为一体，却又是俯瞰着，凝视着怀里的孩子。这里的人儿都是她的子孙，从古至今，度过的每一道时光都在她的注视之下。

蒙自的水也是洁净的，从河流到湖泊，清清的。

小城里的南湖清波荡漾，鱼儿游得自在，即便岸边人来人往，鱼儿也只管游来游去，甚至跳跃起来，将一些水花溅在游人的脸上。不会有人去捕捞它们，人们对于湖水怀有感恩之心，对活在水里的鱼儿也多有怜爱，只管让它们游去好了。

有人说，蒙自是滇南的心，而南湖则是蒙自的心。

这湖本可以更张扬一些，因为蒙自的历史上所有的繁荣都似乎与她有关。一个多世纪以前，云南第一座海关和邮政局就建在湖畔，浪漫的法国人在湖畔开了洋行和歌厅，商人们一边数着金钱，一边喝着上等的咖啡，他们带来的异国情调至今仍残留在湖边，小小的咖啡馆前盛开着紫色的丁香花，不用走近，便会闻到浓浓的香味。如果坐下来，那香味会飘到唇边，不用喝咖啡，人也醉了。

中国现代的著名文人闻一多、朱自清等,曾随西南联大文学院和法商学院一道,辗转来过蒙自,在南湖边徜徉流连,将他们的诗文化作湖中的涟漪。朱自清先生在蒙自住了五个月,写了一篇《蒙自杂记》,细腻清雅,"蒙自小得好,人少得好。看惯了大城的人,见了蒙自的城圈儿会觉得像玩具似的,正像坐惯了普通火车的人,乍踏上个碧石小火车,会觉得像玩具一样。但是住下来,就渐渐觉得有意思。城里只有一条大街,不消几趟就走熟了。书店,文具店,点心店,电筒店,差不多闭了眼可以找到门儿。城外的名胜去处,南湖,湖里的嵩岛,军山,三山公园,一下午便可走遍,怪省力的。不论城里城外,在路上走,有时候会看不见一个人。整个儿天地仿佛是自己的;自我扩展到无穷远,无穷大。"

朱先生在那五个月中,好些个清晨或是黄昏,他都会顺着这南湖走上一遭,湖堤上种了成行的尤加利树,高而直的干子,细而长的叶子,像惯于拂水的垂杨,还有湖中的荷花。朱先生站到堤上就会想起北平的什刹海,什刹海也有大片的荷花。

我在什刹海边行走过多年,见到过一年年满湖碧绿的荷叶,亭亭玉立的荷花,粉粉娇艳如含羞的美人,蒙自南湖的荷花却未曾得见,去那里的时节还不到荷花开放,但读了朱先生的文章，也就闻到南湖荷花的香味了。

时光远去，好在南湖水清澈依旧，朱先生走过的湖堤已成大道。先生那会儿见不着一个人，现在却是车水马龙，但依然存有一份静谧。

湖边，有一座大清朝邮差挺立的雕塑，据说雕塑的形象来自老邮政局早年唯一留存的人像照片。

这是一位长相纯朴的边民，头戴宽檐帽，双膝裹着绑腿，肩挑两个邮包，一副将要长途跋涉的样子。他神情朴素透着坚毅，让人觉得似曾相识。后来才恍然大悟，原来那些行走在小城街头的普通人，好些人的脸上都流露出这种朴素而又坚韧的神情，或许那就是蒙自人的特征。

不难相信，即使山再高，路再险，那位邮差也都能一步步往前走去。今天的蒙自人又何尝不是这样呢？

小城的白天是明亮的，夜晚也是明亮的。

夜间沿街走去，珍珠似的灯光映照着湖水，湖水又折射出七彩的光，忽闪忽闪的将白日的景象改变了颜色。朱自清先生在《蒙自杂记》中说这小城有一种"静味"，而今的蒙自虽是比过去大了许多倍，夜晚华灯闪烁，但静味犹存。小城的广场上，南湖边，公园里，到处都有人翩翩歌舞，绿树红果下的歌声自有一番醉意，曼妙地旋绕着，随风飘去，却并不显嘈杂。

后来发现，其实对蒙自明亮的感觉，有一些是来自于心情。

不知不觉地，就喜欢上了这小城，因为蓝天白云和阳光，南湖的水，朱先生的杂记，还因为让我想起自己儿时住过的三峡巴东，也是小小的城，一条独街，数得过来的店铺，但却是历历在目的亲近。洁净的街面上，没有丢弃物，没有刺鼻的烧烤，也没有嗡嗡的车流和铺天盖地的广告，迎面走来的陌生男人和女人，有漂亮的也有丑陋的，但他们的眼神大多闲适而专注，显然他们都有着各自平静的生活。

在这小城里，还有一桩令人感慨的发现，就是所见到的窗户都没有装防盗网，无论是朝着大街的窗户，还是僻静的地方，都没有见到任何一家在窗外安装那种铁笼子，这是大多数城市里都没有的景象。还让人惊讶的是，南湖水上的亭台楼阁即使到了半夜，也都开放着，敞着门，任人随便进出。

心下不由对蒙自多了敬惜，但愿小城的明亮和通透能天长地久，即使世事再多的变更，城市再大的扩建，也不要失了本色。

仙女走过的九畹溪

秭归九畹溪是仙女时常走过的地方,因它是由饱含长江三峡灵气的苍翠山泉一缕缕汇聚而成,又因它的周围徘徊着屈原的足迹。

"余既滋兰之九畹兮,又树蕙之百亩;畦留夷与揭车兮,杂杜衡与芳芷。"

诗人长发跣足,展开宽大的衣袖,弯腰抚兰,昂首问天,溪旁兰花开处,引来一群群美丽而好奇的仙女。

溪水先是细小着，穿过怪石林立的山沟，或淡淡地汇成无言的一窝又一窝，或匆匆地轻手轻脚滑去，因了自己的年轻，便有垂手敛足的姿态，又或者有些许的羞涩，并不想有太大的响动。

那时仙女从溪边走过，怜爱地蹲下身子，用一只纤纤素手撩起水来送到唇边，她并不干渴，因此只是呷了一口，在红唇玉齿间，感受到泉的清冽，泉的甜美，顷刻间便沁入了心底。于是她微笑着站起来，脚儿随着溪水轻盈地走去。

那溪水便明显地欢快起来。

仙女的裙裾一路抚弄着两岸的香草，将溪水流动的峡谷香成了一片，而她的手也没有闲着，随意采来的山花经她的遐想编织成绚丽的花环，套在了自己白皙的脖子上，于是微笑变得天真而去了矜持。

而溪水逐渐地雄壮了，且越流越疾，并有了清脆的声响，叮叮咚咚，大有张扬之势。

本来无路可走的地方，溪水也不管不顾地冲了上前，然而石头却不愿意让路，溪水就在它身上撞出个玉碎，然后漫天飞扬地落下来，又迅速地聚合到一起，继续向前。

那石头凭着固执站了千年万年，尽管身上伤痕累累，但还是逐渐习惯将溪水的碰撞当作一种亲近。石和水用各自不同的方式体味着彼此的存在，也体会着自己。

只是溪水不可能像石头那样成日里哲人一样的思考，它已经远远嗅到了大江的气息，那雄浑苍茫的大江气息，让它兴奋而又惶惑。它显然还不知道江的模样和性情，它不由揣度着，并跳跃着，试图询问身旁的仙女，但那些女子只是笑而不答。

然而距离就在身心的躁动不安之中一步步接近。

从雪山走来的大江，东去的大江，已经与溪水近在咫尺，江的轰鸣巨大而又沉稳，溪水隐约感到那是一种召唤，神秘而不可抗拒。

于是对于未来，油然生起不可知的渺茫和恐惧。溪水这时一次次回顾最初从大山母腹中脱胎而出的自由和亲昵，不由得留恋彷徨。而这时它已经不能无言地歇息，只能身不由己地磕碰着向前。

很累，很心浮气躁。

于是它想方设法折回身去，哪怕仙女在一旁轻轻叹息。那显然是不甚满意的意思。九折十八弯，溪水画出或大或小的曲折，有时极力想停下来，但只是缓缓的一段，峡谷便以一种母亲的力量用力地推动着，它稍许松懈之后便会紧接着急流直下的险滩，这样歇息的结果不但没有放慢前去的步伐，反倒一滩滩地加快了。

仙女这时放慢了脚步,静静地注视着溪水,一双明眸里含着怜爱,溪水的一切闪避在她看来,不过就是小人儿的顽皮而已。

而大江无时不在的召唤越来越充满了磁性的吸引。

虽然,溪水在走向大江的最后时刻步履蹒跚,可是一旦大江真的就那样宽阔坦荡地呈现在眼前,小溪的胸襟也一下子豁然开朗了。

它突然意识到,自己就是大江的一部分,大江是它的父亲,而它的未来也就是大江。

于是九畹溪扑进了父亲长江的怀抱。

仙女不能再送它远行,屈子留下的兰草,还有杜衡和芳芷,还得殷殷地照看着,于是在看得见入江口的地方,她站了下来,挑选了一处最高的山峰,那样无疑会看得更远。她以一种最美丽的姿态定定地目送着小溪,见那清澈的溪水义无反顾地汇入了长江,并很快与浩荡的江流融会贯通,好心的女子释怀一笑,将手里的花瓣抛向了山间,顷刻间便有了一片又一片丛林和鲜花,也有了女子站立的仙女岩。

现今的人们,可以乘坐橡皮艇顺着湍急的九畹溪水,一直到仙女站立的山岩下,去体味溪水流淌的心路。具有灵性的溪水会使人感悟一种生命从小到大,从稚嫩走向成熟的过程。无论如何,有经常出没的仙女陪伴。

如果不漂流,九畹溪会给你另外一种滋味。

沿着与溪水若即若离的公路,蜿蜒向西,会来到山峦嵯峨的绿荫之下,四周静静的,空气似滤过一般的清甜。天气是那样的晴好,明黄的阳光映在淙淙作响的溪水上,仿佛是那金灿灿的颜色带给小溪金属般的声响。

天是轻柔的蓝,淡淡的,不忍抢了绿色的夺目,青山绿树,一层层深了去,到远处,便是如墨的黛绿了。

在绿色的包裹之中,路便成了一匹洁净的白纱,从山顶上飘下来,又长长地伸向前方的峡谷里。站在路上,很久碰不到一个路人,只有大大小小的汽车匆匆掠过。正在那时,前面的路上出现了两把移动的花伞,一把深蓝底子起着白花,一把红底咖啡色的格子,一个背着背篓的男人和一个挎着包袱的女人稳稳当当地走来。

走到跟前打过招呼,才知道这是一对年过七旬的夫妇。

老人身手的矫健和透着红晕的肤色,让人十分的惊讶。我问他们从哪里来,到哪里去?老人指了指身后层层叠叠的高山,说是一大早从那山上走下来的,背着自产的芝麻,到前面的榨房里去换些香油。顺着老人的手,我好不容易才弄清那最远最高的山顶,才是老人的家。在我们的视线里,那是一片模糊的云遮雾罩,离着少说也得有三四十里山路。

老人说确实是山高坡陡,到山下打工的幺儿请都请不回去,就是过中秋也不愿意回家吃团圆饭,说是吃饱了走累了。

老人无可奈何地笑,又说山上的人其实住得不多了,政府号召退耕还林,动员高山的人投亲靠友搬到低山去,他们那个村的人户已搬得差不多,于是山上的树也起来了,原来几乎绝迹的野牲口,比如野猪、野麂、野兔子的开始成群结队,弄得庄稼也不好种了。可他们还是一直舍不得走,家里喂了牛羊,一年杀两头肥猪,熏好的腊肉四季都吃不完,还有十几只鸡,下的鸡蛋没人吃。如果搬到别处,一时半会儿怎么住得惯?

他们抱怨着,却是一派快乐的口气。说总归还是要搬的,他们有四儿一女,投靠谁都行。老人与我们毫不生分地拉着家常,如果不是怕误了他们的行程,催着他们赶路,老人还会你一言我一语地说下去。

九畹溪的人自古以来好客热情,家家如此。据说过去沿溪是一条通商的大道,过往的行者走得乏了,就近找一户人家,主人会管吃管住,分文不取。太阳升得高些的时候,我们感觉到了口渴,下车随意走进一家院坝,叫一声:"主人家,讨口水喝哟!"正在吃中饭的主人慌忙站了起来,一边拖椅子让座,一边连声叫"泡茶泡茶"。

片刻工夫，女主人便将香酽的茶水送到了手里，主客围坐一堂，谈天说地，歇得够了说声告辞，主人笑脸相送，照例还作些客气的挽留，最终也没问过我们这些陌生人的来去。

仙女岩下是漂流的游客上岸的地方，我们又去到那里小坐。就在前些天，河水随着三峡大坝的蓄水而日渐上涨，没有客人的时候，临河的酒楼老板娘手撑下颏，一个劲地看着那变了模样的九畹溪发呆。

那老板娘长得珠圆玉润，扎一把黑油油的马尾辫，额前别着两个小星星的发卡，丝毫看不出是育过两个孩子的母亲，她的酒楼居高临下，看得满眼好风景，又有一排可躺可坐的楠竹凉椅，坐上去任九畹溪的风悠悠拂过。

不时有人来找老板娘说话，多半都是同她一样开着小酒店的女子。我一旁看了半日，得出一个九畹溪出美女的结论，即使用挑剔的眼光，也实在找不出相貌丑陋者，全是苗条的身材，白里透红的皮肤，水汪汪的眼睛，虽然远离都市，却是个个打扮不俗，无论走到哪里也都会毫不逊色的。

这一带的年轻人见多识广，许多人都到外面打过工，北京、深圳、青岛、大连，近处的武汉、宜昌就更不用说了，常来常往。而这老板娘却没有出去，嫁了一个外来的男人。丈夫是四川丰都人，世代打渔为生，驾一条机动船在川江上来往，也常到九畹溪来打鱼，一来二去的，这对年轻人便相识并结成了夫妻，丈夫也就入乡随俗，算是在九畹溪"上门"落了户。

老板娘说丈夫是打渔的高手，在她家吃的鱼保证是最新鲜的，丈夫在河里放着一条船，把捕来的鱼就养在了河里，来了客人，请来的厨子会骑上摩托，两分钟就从河里把活鱼提回来了。

那天下午，我们在她的酒楼吃了晚饭，鱼是鲇鱼，如果在城里的餐馆会价格不菲。厨子手快，一会儿工夫做成了一个火锅，依川江上的口味，放了重重的麻辣，经火一煮，又烫又鲜，吃得满桌人龇牙咧嘴，却是舍不得丢下筷子。

我同老板娘商量，说如果往她家引来一批长期的客人，比如写书的人，她是否欢迎？漂亮的老板娘认真地思忖着，憨憨地点头。那样子让人更觉喜欢。

这女子，还有那对年过七旬的老人，给我们沏来香茶的农夫，平凡的日子里也都是常有惬意的。

人生有很多种活法，如果可能，在这九畹溪边有一间小屋，日出而作，日落而息，沐浴清风雨露，品尝自然瓜果，寄情于山水之间，做一个普通而又散淡的人，又何尝不是乐事。

门前一棵树，树梢窗外风，伴清月明，邻人团圆，梦中两中月，普春扬

返乡

蝉鸣大觉山

资溪大觉山,是那种深邃的绿。

一路也都是在绿色的田野里穿行,正是晚稻抽穗的时节,从火车旁掠过的一块块稻田,将丰韵的绿色铺展开来,红瓦白墙的村庄也都在或浓密或疏朗的绿树簇拥之间,已道是十分养眼。却不料到江西抚州下了火车,再乘汽车前往资溪时,那山水间的绿却是更加浓厚了,唯有高速公路似一条白练,时起时伏地穿插其间。

进到这大觉山里，更好似一下子被那绿色团团抱住，不再是忽近忽远，而是脚下的草地、身旁的竹林、松杉、香樟树，绿肥红瘦的都将人围绕着，还有山楂、猕猴桃、乌饭树和野葡萄等，挤挤擦擦地在一起，蔓延在人的身边，放眼处，高低左右都是水灵灵的绿。

细看模样又各有不同，好些都不认得，叫不出名字。好在手机下载了一个软件，有想弄明白的植物，对着它拍一张图片，立刻就得知了它的尊姓大名，还有出生地、家族血缘关系等。这就认得了有趣的粗叶悬钩子、米饭花。

几千年甚至更长的岁月里，人与植物的关系该有多亲密，从它们的名字里就可以略知一二。

比如粗叶悬钩子，这长在江西的山谷和沼泽里，以及路旁岩石间的落叶灌木，大名之外还有一串别名：大叶蛇泡筋、大破布刺、虎掌筋、九月泡、大筋坛……这些稀奇古怪的名字，透着人们对它的亲昵和喜爱，好比叫着村庄里的顽童：虎子、狗旦、黑娃、小二……随口就来。

这时大觉山正当六月，恰是粗叶悬钩子开花又结果的时节，密密的绿色丛林中，它绽放着白色、红色的小花朵，勾引着人的目光，走近去，就见那花托上凸现的一粒粒玛瑙似的小红果，晶莹透亮，让你只是静静地看着它，却舍不得伸手去触碰。

那开出一串串粉白花朵的叫米饭花,又叫江南越桔,并且也还有好些别名:夏菠、小三条筋子树、早禾酸、五桐子、马醉木、缑木、南烛……我端详着这花,也端详着它的这些说不完的名字,忍俊不禁。你看它真是风光得很,名字有洋有土,五光十色,就是过去那些爱给自己取上一些字、号、笔名的著名文人,也都没有几个能有这米饭花的名号多。

是谁给了这山间的植物这么多的体贴和称谓呢?

还都是那些曾经与它们最亲近的人,山间的农民、樵夫、采药人……一年年,一天天的,多少年多少代,人对植物的喜爱和了解不亚于对自己的子孙,将自己的心情都给了它们,粗叶悬钩子、米饭花,所有植物的名字想必都是这么来的。

勤劳的人们给了植物名字,而把自己的名字埋入了大地。

人与植物世代结下的情缘,原本就在这相互的感念之中,人用语言和文字念叨着它们,而植物则将果实、花朵、叶和根茎,所有的一切都奉献给中意于它的人们。就说这粗叶悬钩子和米饭花,不光好看,还能治病救人,前者的根叶入药,有活血去瘀、清热止血之效;米饭花则以果入药,有消肿之效。但这米饭花却又是全株有毒,尤其那漂亮的串串白花毒性最大,亦能产生有毒花蜜,切切不能误食。

看来，但凡生命都有性格，温柔或强悍，内敛或外向，喜欢索群独居还是抱团取暖？动物、植物和人一样，都需要相互理会，才会相安无事。

登山的路很长，但走起来并不吃力，得益于身处"天然氧吧"。

亚热带湿润的暖风一年四季吹拂着这片大地，冬无严寒，夏无酷暑，阳光和雨水对大觉山从不吝惜，虽然已在福建的交界之处，但无台风之扰，几千种草木在祥和的氛围里郁勃生长。即使在最困乏的年代，人们也没有对大觉山的树木举起利斧。

如今，资溪全县森林覆盖率达87.3%，而大觉山更是达到了98.3%。

在这里，人把充足的空间留给了植物和动物。粗叶悬钩子和米饭花只不过是其中最为平常的，山里还有珍贵的大面积原生南方红豆杉、长叶香榧、伯乐、香果、蛛网萼、美毛含笑等濒危植物，属于国家一、二级名贵保护植物的就达四十多种。它们在这南方的大觉山里，一派葱茏。

大觉山空气负离子含量每立方厘米高达三十万个以上，即使身手一般的男女在此也多了几分力气。山道上一群群游人，老少皆有，健步行走而无难色。

大觉山存有原始森林,另一侧却也人烟不断,在那山顶的最高处,建有千年古刹大觉寺,早在东晋咸和元年至唐贞观年间就已有香火,相传是由杭州灵隐寺的大觉禅师,云游大觉山修行弘法,而开发兴建的,几经修葺至今。

一路向云海蒸腾的高峰攀沿而去,会在途中见到一座巍然独立于山峦之间,高1338米,形似大佛的山峰,人称大觉者。从远到近仰视这佛山,只见大觉者昂然垂手而立,肩宽头正,体态庄严,任凭云光飞逝而一动不动,令人震撼。

就在那群山静谧之间,听到了细小但十分清晰的蝉鸣。

"知了,知了。"蝉叫着。

在大觉山森林里,有云豹、黑麂、恒河猴、苏门羚、金雕、黄腹角雉、红嘴相思鸟等珍禽野兽,它们各自在天上飞、水里游、林子里跑,大多数时候,它们躲避着人类,只是与自己的族群对话,偶尔才发出呼喊和声响。只有金蝉脱壳的蝉没有任何忌讳,它在这夏日的树枝上,毫不懈怠地从早唱到晚,仿佛是这森林的代言者。

于是,在走进大觉山的深处时,自然听到了蝉的叫声,不是一只两只,而是无数只,在密密的丛林里,它们生活无忧地欢实地叫着:"知了,知了。"

大千世界,蝉知道多少呢?它叫得这么自信?这小小的生命在面世之前要在土里藏匿好些年,多的达十七年,然后才从泥土里悄悄钻出来,爬上树去,挣脱外壳,经过一番蜕变,这才试着展开一对翅膀,开始它的吟唱。

有树的地方才会有蝉,有蝉的森林就有了动物毫不掩饰的话语,至于蝉儿究竟唱了些什么?想那大觉者会"知了"。

资溪境内山峦连绵起伏,兼有谷地和丘陵,是由闽赣交界的武夷山脉向西延伸而来的,县境内,一条清秀的泸溪河从峡谷中自南向北穿过,而最高峰海拔1364米、东侧还有令人惊叹的30万亩原始森林的大觉山,离县城仅有15公里,可想而知,与之如此近距离相伴的资溪城,该是多么难得的怡然之城啊。

与许多城市不一般的是,资溪的环城马路都紧靠山林,坐车经过时,会心生疑惑,眼前情景明明是在山野之间,浓密的灌木,湿漉漉的草地,一群鸟儿在上面踱步,但又分明看见马路一侧的灯,眨眼就亮了,可信的光晕照着路上穿着健身服奔跑的人儿,就知道的确是市井一角了。

小城很小,平卧在山的环抱里,两三条街,一溜的小商铺、饭馆、中医诊所,卖青菜和山货的地摊……也有车,但并不形如流水,只是慢条斯理地开着,跟街上的行人打着招呼。小城虽然简单,但生活需要有的都有了,而小城拥有的未曾受到污染的环境、优质的空气,是好些城市和地方极想有,可叹却没有的。

这个人口不足 10 万的资溪,有当地人,还有浙江和其他地方来的移民,小县故事多,从历史走到今天,千变万化之中,最可贵之处在于全然保留了一方土地的绿色风貌。在资溪境内,森林繁茂的大觉山并不是唯一,还有马头山国家级自然保护区、清凉山国家森林公园、九龙湖国家湿地公园、华南虎野化放归基地等好几个国家级的生态区,无疑都是后工业化时代宝贵的绿色生态资源。

多年里,当地人民小心地选择着发展的路径,唯恐伤害了大自然。曾经有企业欲投巨款在资溪兴建一座大型火力发电厂,建成后会给当地带来可观的经济收益,但意识到可能随之而来的大气污染和水污染,资溪人毅然谢绝了客商。

而令人称奇的是,几十年间,"资溪面包"居然名扬天下。20 世纪 80 年代初期,两位退伍军人将在部队的就业培训中学会的烘焙技艺,带回了家乡资溪,从此一路创造奇迹,小面包做成了大产业。资溪森林广袤,从前既不种小麦,也没有面粉厂,但如今却有四万资溪人参与了面包经营,巧手开出的八千多家面包店,遍布全国大小城市,甚至还远去了俄罗斯、越南、香港等地,制造了一个个让人惊叹的劳动传奇。

在大觉山下，听一位资溪的企业家说起他当年从一个荷包里只有几百元钱的农民，如何靠做面包发家致富，又亲帮亲、邻帮邻地带领一个个乡亲走向富裕的故事。在做面包的资溪人中，千万元户的已数不胜数，眼下，他们兴办起大型的面包生产基地，在世界一流的现代化设备前，昔日乡村的农民身穿白色无菌的工作服，正在高大明亮的厂房里一条龙操作。资溪面包，不仅使数万农民和下岗工人走上了创业之路，造就了一大批有眼光有魄力的新型企业家，而同时守护着绿色的山林田野。

"生态立县，绿色发展"，成为资溪人坚守的理念。

资溪的绿海之中还有大片的毛竹、慈竹、观音竹……一层层，一叠叠，参差错落。爱竹的文豪苏轼曾吟道："何夜无月？何处无竹柏？"而此处是可以骄傲的，竹和松柏铺染在大地上，那一轮高悬在清新山林上空的月亮，也就显得格外皎洁。我站在大觉山下的月色中遐想不已，又听到蝉儿的鸣叫："知了，知了"，不由突然意会得，大觉者，大觉人也。

流花溪

只知道,一条河会给一座城市带来最为活泼的灵性,所有美丽的城市都会有属于自己的河,时刻能叫出名字,让人亲切而又感怀的河。但未曾料想,在南方,面朝大海的福州,又称作"榕城"的这座城市里,穿行于它古来的三坊七巷、华林寺、乌塔、马尾船政遗址及现代化林立的高楼、闽江口金三角经济圈之间的大河小河,竟然有156条。

大河如闽江,小河如那流花溪,那么多的河,一时数都数不过来,纵横交错,如蛛网密布,或奔腾或涓涓流淌,汇成了灵动美妙的有福之州。

曾经多次来到这座有着2200多年建城史的城市,一次次感受它的深厚和悠远,而眼前最令人惊讶和艳羡的是,那156条河流前后之变化,以及环绕城市,被人们愉悦地称作"福道"的绿色休闲步道。

仓山区南台岛上的那条流花溪,在福州156条河之中应属最小的了。它的潺潺流水不足十里,地图上几乎找不到它的名字,而只是在溪边走动的市民那里,才能恍惚听到流花溪,这个好听的字眼。

但实际上,它并非孤独的小河,它是闽江顽皮的孩子。乳汁饱满的母亲从武夷山向东而来,一路携带起众多儿女,在即将奔向东海之前,更是奔腾跳跃,造化出一条条小溪。这条先是无名的小溪,也是由母亲的呼吸和伸展而生发的。

虽是无名,但直接相通于闽江干流乌龙江古道,也有那久远的历史,存活于小溪两岸的民间沃土里。

南台岛西北端有一座飞凤山,传说很久很久以前,神话中的百鸟之王——高贵的凤凰就栖息于此,小溪可遥遥对她眺望。溪畔有一高宅村,在一片片古榕树群的掩映之下,曾有"高宅榕树甲天下"之说。自唐代起,乌龙江上帆影不绝,棹声如歌,村人建有宗祠"树德堂",尊"孝慈""孝悌""孝敬",奖掖读书之风。高宅村宋代出过九个进士,光绪二十四年(1898年),当地士子高稔考中戊戌科拔贡第一名,光绪皇帝钦定为朝元,并御赐"朝元"牌匾。勤耕苦读,后人纷纷效仿,历代人才济济。

另有一村,名葛屿,村里多有百年树龄的白玉兰,花开之时,香飘整条小溪。村里也有始建于明代的李氏宗祠,正厅有对联曰"治宋肃朝仪,宣室运筹称圣相;抗金存汉胄,丹心报国仰英贤。"颂扬的是先祖李纲,抗金护国之忠烈,光前裕后,世泽绵延。正如这村的另一处对联中所写:上下与同流,高也明也博也厚也悠也久也。

小溪两边的村落和人家,过去由于战乱和灾害,也曾频繁搬迁、更迭,兴旺之时,石板街上有酒库、海鲜店、肉桌、食杂店、米店、药材店、诊所、制衣店、木材商行;四周农家种些卖些龙眼、橄榄、芒果、枇杷、杨梅、黄皮果、柑橘、荔枝。潘边村的"白沙枇杷"及"红核仔""南元""焦核仔"、龙眼更是石板街上最受人喜爱的吃食。一百多年前,小溪旁建有一个橄榄厂,产品远销上海、苏州、杭州等地,福州地图上曾标注为"百棵树"。

溪边还曾有一座厅堂高大,围墙厚达一米,气势豪放的

/ 流花溪 /

"万利厝"。厝在闽南语中指的是房屋,多以石头或红砖砌成。这厝的主人李万利,乾隆年间先是从福州往宁波做笋干、草纸生意,后来将乌龙江的橄榄贩往宁波,成了一位富商。后来遇到宁波官府构筑城防,工程进展一年多却因资金匮乏难以为继,李万利慷慨解囊,工程款不足部分全由他坐底支付。宁波百姓满心感激,为他雕了一尊石像安放于城墙上,并将"宁波筑城,万利坐底"的故事流传开来。

相伴流花溪的这些往事,也注入到今日福州的风韵之中。

福州的河流弯又弯,福州的道路长又长。

从流花溪以及那一条条弯曲的小溪到乌龙江、白马河、东西河、晋安河、光明港等主河道,再到安泰河、打铁港、五四河、瀛洲河、达道河、茶亭河、洋洽河、龙津河等十多条内河,可谓江海内河相连,海潮江水相通,而一不通则百不通,百通才会促使百业兴旺,政通人和。

从 2017 年起,福州在全市兴修了 15 条休闲步道,总长约 125 公里,它们如同"绿色血管"一样穿梭全城,市民称之为"福道"。

站在流花溪公园门口,有朋友问,你们从前如果来过福州,不知是否闻到过河水的臭味?他指着溪边一排宣传栏,那上面就有从前和现在对比的图片。我凑近一看,很是吃惊。

过去的一张张图片上,可以看到河流已被严重污染,跟前的这条小溪,水面上长满了水葫芦,水的颜色浑浊暧昧。其他河流也已经大多不能动弹,有的是一团黑沼,冒着污浊的泡沫;有的是臭水沟,飘动着白色塑料、烂菜叶子等废物垃圾。两岸是拥挤的建筑物,高楼大厦与残破的平房、工棚一起,紧紧逼到了河堤跟前,若那河能发出声音,一定会是哀号不已。

那位朋友说,早先我每天傍晚会沿着河散散步,但后来我发现,河里的味道越来越难闻,走一趟回来,身上就刺痒,再也不敢沿着河走了。

那时候,心里真难受。

我们相视无语。这样的情景并不是第一次见到,前些年即便是在北京,在我家居住不远的莲花河,每天夏天也能闻到臭味。从桥上经过时,不忍探头但咬着牙还是想看个究竟,只见发黑的河水纹丝不动,就像一个酱缸似的在发酵,散发着一阵阵刺鼻的臭味。我想扭头逃开,但不知为什么,腿却迈不动,心里一个劲地想,这可怎么办?怎么办才好啊?

赖以生存的河,都变成这样了,怎么向后人交代?娃娃们怎么活?

福州于20世纪90年代初期,前瞻性地提出了"消灭城市黑臭水体,还给老百姓清水绿岸、鱼翔浅底的景象",持续推

/ 流花溪 /

进了福州市有史以来规模最大的城区内河综合整治。通过对全市河流逐一"望闻问切",从每一条河道延伸到与之关联的河道和支流,延伸到地下管网等污染的源头。

先是全面截污。首先将内河两侧6~12米的房屋建筑全部拆除,壮士断腕,忍痛割肉,刮骨疗伤。接着埋设大口径球墨铸铁截污管,构筑城市截污的第二道防线,全市共埋设了铁管260公里,建起截流井1011座。打个比方,有点像吐鲁番的坎儿井,隔一段与地面有个通道,好掌控维护。

再是全面清淤,用的是"干塘清淤法",不见底不算完,清出来的河道淤泥堆成一座又一座小山,化腐朽为神奇,养花种草,丑变作了美。

还有全面清疏管网和污染源,整治隔油池、沉淀池、排污口;改造城中村、旧屋区;利用潮位差,每天两次将奔流向前的闽江水引入城区,加固、加高入海的闸门,让水多留;打通断头河13条,建设大型推流泵站,让内河水流保持在每秒0.2米以上的流速。

水流动起来了,波涛起伏,深深浅浅,人们从河边走过时,再也闻不到臭味,耳边却是轻轻的流淌声,合着蛙鸣。

156条河流的新生,一条条"福道"的拓展。

那本是一个阳光斜照的下午,但刚走到流花溪边,天空飘起了雨丝,倒也并不会淋湿衣裳,只是轻若游丝地飞下来,在空中悠悠扬扬的,不像是下雨,倒像是一道道撩人的羽纱。

于是仍沿着溪边的"福道"走去。

河坡上长着小草,一片片绕着河堤,伴着小道,虽然已是初冬,草仍是绿油油的。三角梅也仍在开花,一簇簇红得似火,木棉树、黄花槐,还有被称作香港市花的红花洋紫荆,都在这小溪边,安然自得。

寻得一个好所在,一棵大榕树下,桌面似的山石,光滑如镜,四周散落着可坐的石头,与那当地的几位朋友坐在一起,喝了三泡功夫茶。伴着草木的清香,这茶香似更为清幽。

眼前的清爽风景,是生态治理之道带来的,人们改变过去"三面光"的传统治理套路,在河畔种下垂柳,缓坡入水处则种植芦苇、美人蕉,因而眼前的小溪有深潭、有浅滩,长得出水草,藏得住鱼虾。

福州市黑臭水体已全部消除,沿河建成了开放式的"串珠公园"376个、滨河绿道500公里,推窗见绿、出门见园、行路见荫。

流花溪旁的榕树多达700余株,走过一座石拱桥,便见到了那棵被人们誉为"甲天下"的大榕树,已有上千年树龄,它树干如蟠龙盘踞,枝叶遮云蔽日,正是"垂一方之美荫,来万

/ 流花溪 /

里之清风"。树旁的"榕树甲天下碑"成了网红打卡点,不时可见一些年轻人跑过来与树合影,他们靠在榕树干上,青春与古老相映成趣。

榕树不远处,有一座红墙斑驳的香积古寺,相传在唐朝曾盛极一时,其言不虚。早在东汉时期,福州就与东南亚一带国家贸易往来,唐宋时期则是"百货随潮船入市,万家沽酒户垂帘"的繁盛,明清时"使西南洋诸口咸来互市",鸦片战争后,福州被辟为"五口通商"口岸之一,外国使节、商人等纷至沓来,多元的宗教文化在福州得以遗存,佛教更是十方丛林,百寺钟鸣。

这古老的香积寺,守望着流花溪,也守望着"有福之州"。

一只鸟飞过锦州

远远的,在一望无际的蓝天下,这鸟儿随着鸟群飞过来了。

飞动的翅膀下,之前是辽阔的大海,那大海就像一面巨大的镜子,在阳光下闪闪发亮,按说,鸟儿可以依稀看到自己在水中的倒影,但它们很少低头,总是专注地平视着前方,朝着早已明确的目标。在一阵阵热气流的助力下,它们的飞翔不需要太多气力,因此只是轻轻地扇动着翅膀,显出有条不紊、优雅的样子，看上去就像精心排练过的舞蹈。

它们从更远些的北方飞来。虽是小小的队伍，小白鹳与它的父母兄妹，一共才五只，前后排成三行，但它们无论出现在哪里，都会引来惊讶的目光。即便是与它们同类的鸟儿，那些庞大的，几百只，甚至上千只的鸟群，扬扬自得地在空中飞过的时候，突然感觉到这几只叫作东方白鹳的大鸟由远而近，也会立刻唠唠嘈嘈地扑扇着，闪躲开去。

这些珍稀的东方白鹳，全世界仅有几千只。

现在，它们的前方出现了弯曲的地平线，接着，在那暗绿色的山地与海水之间，大块大块黄色的田野，飘带似的街道及楼房……都从这鸟儿身下一掠而过。它们朝着离这不远的湿地飞去，那里是一片开阔而又湿润的滩涂，兼插着草地和丘陵，有一条流动的大河与小河相汇，贯通涌向渤海。正如我们不知道这鸟儿与它父母兄妹各自的名字，鸟儿们也不知道那些河分别叫大凌河、小凌河，女儿河、百股河……这临近海水、河流穿行、树木环绕的城市叫锦州。

东方白鹳飞到了东北锦州。

这是一座爱鸟的城市。

古时便有锦州鸟。极为遥远的白垩纪时期，是在地质年代中生代的最后一个纪，开始于 1.45 亿年前，结束于 6600 万年前，历经7900万年，所谓显生宙的最长一个时期。那时候，海洋硬是活生生将大陆掰开，地球变得温暖、干旱，最大的恐龙统治着陆地，翼龙在天空中滑翔，壮硕的海生爬行动物则占领着浅海，而最早的蛇类、蛾、蜜蜂以及许多新的小型哺乳动物也开始渐次出现，后人称作"锦州鸟"的鸟儿便是它们的同伴。

这鸟儿存留于化石间的模样让人过目难忘，长长的由宽到窄、如一把尖刀的鸟喙，几乎跟身体的长度差不多，它飞行于凶猛巨大的恐龙世界里，一定是十分勇敢锐利的，它那似刀尖一般锋利的喙，足以将任何凶顽动物的皮肉凿出一个个血淋淋的洞来。在那人类及世间万物一大半都尚未萌生的白垩纪，锦州鸟儿就那样无畏地在新生大陆与海水之间飞来飞去。

那海后来叫渤海。看来，渤海湾一带从远古时期就有着吸引鸟儿的一切：冷热相宜的气温，开花结果的植物，嗡嗡叫的小蜜蜂，以及海滩边草丛中的小蛤蛎、小虫子。如果不是后来那起突发的灭绝性的事件，白垩纪时期的锦州鸟说不定也会跟人的祖先一样，渐渐摸索着直立，甚至行走起来，这谁能说没有可能呢？那将会是另一番有趣的世界，就如我们常常读到的童话，鸟儿能飞也能走，比人要多一种本事。但在中生代与新生代的分界之时，有一颗巨大的陨石从天而降，狠狠撞向了地球，一瞬间，受创的地球整个变成了一个大大的火球，烈焰不仅在初生不久的草木间蔓延，甚至融化了岩石，烧没了山体，连同在山地和草原上奔跑的恐龙、低空中飞行的小鸟和蜜蜂，统统都被卷入了蛮荒的烈火之中。考古学家将此称为"白垩纪 - 古近纪灭绝事件"，导致包含恐龙在内的大部分物种灭亡，而撞向地球的接触点成为永久的伤疤，一个令人惊惧的陨石坑留在了如今的墨西哥犹加敦半岛。

  锦州鸟也就从那一刻留在了化石里，它与那些融化的岩石一起被深埋在地下，沉默了一亿两千五百万年。之后，一个意想不到的时机，有人将它从锦州义县黑蹄子沟附近的张吉营村的地里挖了出来。锦州鸟重见天日。而后，在锦州邻近的北票县四合屯，又有人挖掘发现了更为古老的鸟儿化石，经过专家考证，怀着敬意地将中国古代教育家和思想家孔子的尊号给了它，此鸟被命名为"圣贤孔子鸟"。2006 年，在北京举行的第二届国际古生物学大会上，报道了论证结果，圣贤孔子鸟是现今发现的具有角质喙的最古老的鸟，在鸟类进化研究中占有重要地位，是热河生物群第一个在世界范围内引起轰动的中生代鸟类化石，是除德国始祖鸟外世界最早最原始的鸟类。科学家据此在鸟纲下建立了一个新目——孔子鸟目。圣贤孔子鸟，这名受之无愧。

不得不说，东北锦州一带，的确是古来鸟之故乡。锦州鸟、圣贤孔子鸟，从远古飞来。

鸟儿有着惊人的记忆。在临近湿地，并能看见一棵棵高大云冠的树木时，那小白鹳不由自主加快了翅膀的扇动，它兴奋地几次要冲向前去，差点就要打乱长时间保持的队形。

飞在最前方的是小白鹳的父亲，然后是它的母亲和哥哥，但此刻，一直飞在最后的小白鹳兴奋难抑，感染了妹妹，娇小的妹妹也跟着它急急地扑向前。那地面升腾而起的气味吸引着它们，熟悉而又亲切，潮湿的泥土气息，夹杂着草木芳香和海水的腥味儿，小白鹳和它的兄妹就是在这片土地上诞生的，那时春光明媚，鸟语花香，那棵灰褐树皮的辽东栎上，就有它们的家。

倘若是在漫长的飞行途中，这鸟儿在没有得到父母的指令下就突然加速，以致改变队形的鲁莽行为是注定会受到惩罚的。东方白鹳不会鸣叫，它们的语言是靠击打嘴壳，发出"嗒嗒"的声音来表示，虽然那只是极其简单的方法，但跟人类叩发电报一样，"嗒嗒"声可变幻无穷，或短或长，或急或缓，或连续或停滞，从而表达出复杂而又微妙的意思。这时，飞在前方的父亲只是短促地嗒嗒了两声，就立刻让小白鹳感觉到了父亲的威严和不满，它和妹妹顿时夹了夹双翅，赶紧放慢了速度，相随于母亲身后。

其实，这只领头的东方白鹳心里也是欢悦的，经过几天几夜不停息的飞行，盼望的家就在眼前，它差点就让儿女们放开翅膀，在这蓝天碧海，丛林湿地之间撒撒欢。但现在首先要做的是一番逡巡，它们的家园四周是否太平。

但凡从远古活到如今的生物，无论天上飞的，海里游的，还是地上行走的，都无一不具有聪明绝顶的灵性，否则又怎能度过那漫长时光里曾经无数的浩劫和危机？东方白鹳是古老的鸟儿，也是机警的鸟儿。

有诗为证："我徂东山，慆慆不归。我来自东，零雨其濛。鹳鸣于垤，妇叹于室。洒扫穹窒，我征聿至。"两千多年前的《诗经·东山》里吟唱到了鹳，说一个征人自去往东山后，久久未能归乡。如今从东山回来时，恰逢细雨飘零濛濛，那鹳鸟鸣叫在土丘，妻子嗟叹于室内，正在洒扫屋子，盼着征人归来呢。从《诗经》描述的画面里，我们清晰地看到了那只离着妇人不远的鹳。

它属于鹳类，但又不是鹤，虽然跟鹤一样也身着白色羽衣，缀着黑色的尾翼，但一双长脚却是鲜红的。它站立于树梢或滩涂之上时，会显得格外醒目和骄傲，长而粗壮的嘴尖端逐渐变细，略微向上翘着，带着坚硬执拗。它那宽大的翅膀展开时，黑色的覆羽会奇妙地闪烁绿色或紫色的光泽，而前颈下有一圈披针形的长羽，在求偶炫耀时会竖直起来，就像贵族脖子上那一圈叫作"拉夫"的褶皱花边，傲骄得很。

世上的白鹳有两种，分为西方白鹳和东方白鹳。西方白鹳在希腊神话中是一个重要的角色，它曾经帮助天后赫拉生育，象征着春天和新生，被欧洲人叫作"送子鸟"或"报喜鸟"。而东方白鹳则是中华大地上珍贵的鸟儿，它象征着祥瑞和卓尔不凡，每年冬季，会在气候温和的长江中游一带的湖泊过冬，春暖花开之时，则千里迢迢来到东北一带谈情说爱、生儿育女，那里有辽阔浪漫的大海，以及容易引起遐想的河流、沼泽，还有那些高大的树。

与白鹳相似的鹤虽然气宇轩昂，但后趾小而无力，不能上树，只能在低洼地、沼泽里搭建产房，东方白鹳却具有更多的野性，它的后趾有足够的力量支撑身体在树上的活动，因此特别喜欢居高临下，在最高的树木，甚至悬崖绝顶之处安家。它机警而又喜爱宁静。

这时，小白鹳跟随父亲，在锦州湿地的上空再次盘旋了两圈，大小凌河口的滩涂上正是一片热闹景象。一群群蛎鹬、反嘴鹬、红脚鹬、鹤鹬、黑腹滨鹬姿态万千地嬉戏不停，苍鹭、池鹭、夜鹭也相继露脸，苇塘里，数千只翘鼻麻鸭漂浮在水面上,鹊鸭和绿头鸭混杂其间,正在怡然自得地觅食。

邻近的海滩上,那些星星点点的白色水鸥,也刚从北方归来不久,不停地飞起又落下,抑制不住初来乍到的新鲜感。更远一些的空中,银鸥、海鸥、黑尾鸥在结队翱翔,形成一排排翻腾的鸟浪。

在海滩上密集的鸥群里,还有最珍贵的黑嘴鸥和遗鸥,全世界90%以上的黑嘴鸥都会在锦州和邻近的盘锦境内繁殖。这显然也是一件十分庄重的事情。

东方白鹳避开了这些热闹,在空中完成了对地面的巡视之后,它们掉头飞向僻静的湿地深处,降落在了那棵高大的栎树上。小白鹳也随之落下。它用足趾抓紧一根粗大的树枝,侧头看去,恩爱的父母站立在巢沿,正将头靠在一起,愉悦地摩挲着颈部,又上下摆动,嘴里温柔地嗒嗒着,这表示,它们对眼前的一切十分满意。

的确,它们的家完好无损,除了边缘有些干枯的树枝断裂。

两年前,东方白鹳与它的妻子选择了这棵枝叶茂盛的辽东栎,在树顶筑起了爱巢,之后每逢春天和秋季,它们都会南来北往经过此地,在这个爱巢里住上一段日子。辛勤的东方白鹳每次来时,都会对自己的家用心维修扩建,添枝加固,现在,这爱巢的长宽高都已超过两米，密密匝匝的树枝穿插得滴水不漏，巢里垫有厚厚的羽绒、树叶，规模和硬件大大超过了一般的鸟窝，完全可称之为一座了不起的建筑。

公平地说，这与掌握了先进技术的人们所建的那座著名的"鸟巢"相比，无论造型还是精细度，都并不逊色呢。

锦州，锦绣之州。

它依山傍海，地域辽阔，境内不乏江南水乡之灵秀，又有北方山河之壮美，大凌河、小凌河入海口大片的冲积平原和滨海湿地，与盘锦的辽河口湿地、营口的大辽河口湿地连接在一起，苍茫绵延几百里，构成了令人惊叹的全世界第三大和亚洲第一大的原始野生湿地。聪明的鸟儿们，在它们的长途迁徙中，将此地选择为宝贵的中转站和栖息地。

春天飞向北方，冬日来临的前夕，鸟儿们又飞回南方，它们所经历的路线，有的长达几千里、几万里，甚至十几万里。候鸟们在如此遥远的繁殖地和越冬地之间往返迁徙，是自然界最为震撼壮观的奇迹之一。

全世界已知鸟类有九千多种，其中四千多种是候鸟，目前已知最主要的迁徙路线有九条，其中最繁忙的是东亚及澳大利亚候鸟迁徙之路，北达俄罗斯远东地区、堪察加半岛以及阿拉斯加，南至澳大利亚和新西兰。每年数百种、超过五千万只候鸟在这条通道里迁飞，而这条道由宽到窄，形成的唯一瓶颈，即在我国的渤海湾区域锦州一带。同时，最新发现的环太平洋候鸟迁徙通道也经过此地，渤海湾恰是这两条迁徙通道的交汇处。

每年从我国过境的候鸟种类和数量约占全球迁徙候鸟的四分之一，而锦州这个地方，不仅有两条候鸟迁徙的路线经过，还有很多飞行能力较弱、不能直接穿越海洋迁徙的鸟类，尤其是雀形目的候鸟，在迁徙中更是必须经过锦州。只有离开锦州之后，迁徙的通道才会骤然加宽，路线也就趋于分散，鸟儿们也就有了更多的去向。

数千万只鸟儿，为什么选择锦州作为迁徙经停、越冬或者繁殖之地，应该由大地来回答。

这片地处渤海湾辽西走廊北口的大地，既有千年湿地和一望无际的优质泥沙质滩涂，也有树木参差的丘陵、草原，可以种植玉米、花生的旱地，以及飘香的稻田，多样化的地形和植物，为越冬候鸟提供了种类丰富的食物。那喷涌的地热，流速迅捷的河流，生成了部分不封冻的水面，各种鸟儿的繁殖在此快乐而又秘密地进行。

小白鹳与它的兄妹就是在锦州鸟巢里诞生的。

可知东方白鹳的族群之前并不兴旺。它们的越冬地主要集

飞鸟啄过的种籽

远古的鸟

中在长江中下游的鄱阳湖、洞庭湖、洪湖等湿地湖泊。可叹的是，据称长江流域20世纪50年代初共有大小湖泊四千多个，但因围垦、泥沙淤积而有一千多个逐渐消亡；长江原有通江大湖22个，面积为17198平方公里，到20世纪80年代，湖泊面积仅存6605平方公里，减少了近三分之二。这实在令人痛心疾首。东北锦州地方的生态从前也曾严重受损，河口区域用海规模多年间一直不断扩大，海洋工程增多，原有河口滩涂被割裂，天然潮沟连通性受损，河口滨海湿地生态环境日益退化。东方白鹳和另外一些鸟类曾经的越冬地和中转栖息地明显萎缩，食物难觅，导致鸟群数目显著下降甚至濒临灭绝。稀有的东方白鹳成为国家一级保护动物，它在生存危机之中困顿着、迟疑着，一度不再飞到锦州。

  绿水青山就是金山银山，被唤醒生态意识的锦州人近年来痛定思痛，为使大地回到曾经风光旖旎的模样，曾经打响解放战争辽沈战役第一枪的锦州，在新时代又打响了渤海湾综合治理攻坚战，他们治理三河三山，拆除非透水构筑物、海堤生态化改造、潮沟疏通、在湿地大面积种植芦苇和翅碱蓬，将垃圾场变作花园……大小凌河、女儿河、百股河渐渐唤回了清澈的流水，北普陀山、南山、紫荆山又有了鸟儿的啼鸣，花儿的芬芳。他们的梦想是，有一天，这座北方历史文化名城能够"水清、岸绿、滩净、湾美、物丰",不仅能使人宜居、宜业、宜游,也能让万物生灵尽享太平。

东方白鹳终于又飞回了锦州。

那小白鹳先是吃饱了,然后到水边玩了一会儿。它悠闲地吃了些小鱼、蝗虫、草根、苔藓,还有一些沙砾和小石子,来帮助消食。秋日的阳光,将水面照得金灿灿的,小白鹳独自从浅水处进到齐腹深的水里,一边缓慢地向前行走,一边不时地将半张着的嘴插入水中。这水真甜啊。

它的父母正一前一后漫步在草地上,步履轻盈矫健,边走边啄食。对于爱情十分忠贞的东方白鹳,夫妻俩总是紧紧相随,如胶似漆,它们会那样一直到老。小白鹳学着父亲平素的样子,单腿站立于水中,颈部缩成"S"形,眯着眼歇息,它希望自己也很快变得成熟起来。

到了中午,它开始和兄妹们在家附近的上空飞翔,一次比一次飞得更高。从地面上起飞时,首先要奔跑一段,并用力扇动两翅,待获得一定的上升力后才能飞起来。一开始,它将长颈向前伸直,腿、脚则伸到尾羽之后,尾羽展开如一把大扇子,然后初级飞羽再散开,上下交错,这时便能鼓翼飞翔,也能利用热气流在空中悠悠地滑翔了。它惬意地飞翔着,在锦州的天空,这时它不需远行,可以率性,也可以仔细地俯瞰大地,它飞得越来越轻盈,也越来越美了。

父亲会吩咐小白鹳一些任务,比如飞往更高处,如果发现有入侵领地者,就立刻降落,通过用上下嘴急速啪打,发出"嗒嗒"的呵斥,并且伴随颈部伸直向上,头仰向后,再伸向下,左右摆动,两翅半张和尾羽向上竖起,两脚不停地走动等动作,向敌方表现出一系列挑战和威吓。

但那只是父亲传授给它的技能,在这个食物丰裕的地方,鸟儿很少战争。

东方白鹳一家在锦州住了四十多天,每天上午的时光都会用来修补鸟巢,并且又在附近的柳树和杨树上新建了三个精致的小巢。小白鹳与它的兄妹就要开始学会独立,自成一家了。或许,它也会跟哥哥一样,找到一位心仪的雌鸟。它早就发现,哥哥在干活的时候有些心不在焉,附近另一个东方白鹳的鸟窝里,常有一只站立的小雌鸟不时朝着哥哥张望,它们眉目传情,你来我往。

小白鹳有些羡慕。

因为族群成员的稀少,要找到一个合适的伴侣,对于东方白鹳来说,并非一件容易的事。雌鸟的产卵,一般都在万物复苏的春天,每窝一般3~5枚,孵卵由雌雄亲鸟共同承担,白天轮换几次,晚上则全由雌鸟负责。三十多天后,可爱的宝贝就会破壳而出,细绒绒的白色羽毛,橙红色的小嘴,给它们的父母带来多少惊喜啊。两个月之后,小白鹳便可以歪歪扭扭地飞了,但在这世上,要继续地活着是一件艰难的事,它们本当近五十年的寿命多有夭折。直到最近这几年,小白鹳的同伴才似乎多了起来,先后来到锦州湿地安居的,已经不止它们一家,还有一些从未谋面的东方白鹳也远道而来。

同伴的增加,为情窦初开的小白鹳增添了喜悦。

它隐隐察觉到,与它一样高兴的不只是鸟儿,还有那些行走于大地上的人。那些希望看到鸟儿,但又懂得不能打扰它们的人,远远的、小心翼翼地站着,连说话都放低了声音,他们手上举起的闪光的家伙,不是猎枪,而只是"咔嚓"一声,就又放下了。人们不但不来惊扰,甚至还揣摸着,为东方白鹳搭起了好些个高大的招引巢。那些建在铁架上的巢,看上去结实无比,即使十级台风也吹不倒。

机敏的鸟儿感觉出锦州人的善意。从古到今,鸟与人可以说早已成为伙伴,没有鸟的世界,人有何趣味呢?而如果没有人,鸟儿们想见到大地上新奇的一切,又从何而来?

随着寒意渐增,小白鹳从父母"嗒嗒"的交谈中得知,它们不久就要离开这个家,飞向南方那些湖水荡漾的地方了。它们归来的时候,曾飞过古老的医巫闾山和辽西走廊。现在它们要一路向南,飞过黄河,飞向长江。

想那两千三百多年前,长江岸边的诗人屈原曾在他的诗歌《远游》里写道:"朝发轫于太仪兮,夕始临乎于微闾。"那微闾指的就是鸟儿飞过的医巫闾山。远在楚国的屈原,对这迢遥的北镇名山的向往,难道也正是因为飞翔于这两地之间的鸟儿所诱吗?

一只鸟,一群鸟……无数只鸟飞过。

秋日的无垠蓝天之上,早些天在锦州水稻田、苞米地的田埂上踱步觅食的一群群灰鹤,一声长鸣之后,也拔地而起,它们一会儿排成"一"字,一会儿排成"人"字;不计其数的遗鸥,从海滩上扑闪着飞向蓝天;难得一见的沙丘鹤、大红鹳、丑鸭、毛腿沙鸡……它们与东方白鹳在空中点头示意,互不相扰,向着各自的路线飞去。

这时锦州的天空,恰似一首秋季大自然的交响曲。

飞在空中的小白鹳终究有些难舍,否则它明知不能莽撞,但还是冲到了父亲身边,"嗒嗒",它说。大地上的人不懂它们的语言,但清楚地看见,那群鸟又飞了回来,东方白鹳,高贵的鸟儿,它们再次盘旋着,盘旋着。在这片曾经飞起过世界上最古老鸟儿的大地上,它们生儿育女,休养生息,懂情意的它们想说什么呢?

"嗒嗒",仰头张望的人们似懂非懂地领略了鸟儿的眷念,心中不能不深深地感动,泪眼模糊之中,见它们在锦州上空久久地盘旋之后,慢慢飞过了人们的头顶,最后飞向了远方。

殷殷地等待来年春和景明,那时,这鸟儿就又飞回来了。

万物生长

老罗说，西双版纳要看的地方太多了，最值得看的是勐仑葫芦岛上的植物园，规范的名字是"中国科学院西双版纳热带植物园"。老罗是西双版纳当地人，他说勐仑是傣语，意思指"柔软的地方"。传说当年佛祖走累了，就地坐在一块石头上休息，坐着坐着感到那石头软软的，非常舒适，就欣慰地将这个歇息过的地方叫作"勐仑"。

能让佛祖身心柔软的地方，万物生长。

本来，西双版纳的每一处地方都活跃着蓬勃的生命，从人到大自然的动物、植物。俗语说独木难成林，而在此地，独木成林的景观却非天方夜谭。位于省级口岸打洛镇及中缅边境附近，就有一棵高达二十八米，树龄二百多年的大叶榕树，腰间生出密密的气生根，顺着树干而下，相互交缠，盘根错节；于左右两侧的主枝上，又有几十条气生根垂直扎入泥土，又再次钻出大地，发出新芽，造就一树多干，那由母树生出的树根像列队的骑士，一排排守望着母亲，经年累月。

西双版纳生长着各种榕树，有高榕、薄叶、歪叶榕、小果榕、琴叶榕、聚果榕、气达榕、枕果榕、金毛榕、黄葛榕等几十种，这些榕树不择土壤，不怕干旱湿热，既可在雨林中、沟谷内茁壮成长，也能在寨边道旁干山梁上枝繁叶茂。而且，在众多的榕树中有二十多种擅长所谓"气生根"，就是它们，长成在热带常见的茂密树帘，还有成片的树林。

气势旺盛的榕树生出的细根，有的还会飘浮在空中，初生时细如麻线，飘飘悠悠，宛若拂尘，渐渐找到根基扎稳，然后就像一道帘幕挂在了树上，粗细不等的树根曲曲卷卷，犹如一道飞瀑从高处跌落，被称作"树帘"或"树瀑"。

大地母亲给了万物生长的乳汁，无限慈悲地让它们依照自己的天性，在这片土地上尽力成长，尽情绽放。常年气温热烈、雨量充沛的西双版纳本来就是一个天然大植物园，著名的植物学家蔡希陶于20世纪50年代领头创建的"中国科学院西双版纳热带植物园"，更是汇集了天下的奇花异草。在这座我国目前面积最大、植物最丰富的绿色王国里有12000种热带植物，保存了大片的热带雨林，共有棕榈园、榕树园、龙血树园、苏铁园、野生蔬菜园、稀有濒危植物迁地保护区等38个专类园区，许多珍稀物种为世人罕见。

走进这绿色的王国，让人目不暇接。

千年的"铁树王"堪称稀世珍宝，三株千年铁树，一雄二雌，是从野外引种而来，还有老茎生花、树干结果，神秘果、跳舞草、红豆树，各显出不同的生命奇迹。

只见那绿生生的捕蝇草，一瞬间就能合拢叶片，将不幸停留的蝇虫牢牢捕获。开着白色或红色小花的茅膏菜，看去很漂亮，但叶片不可以触碰，那些误以为可随意停歇的昆虫，飞上去即刻就会被粘住，再也飞不起来。还有一种瓶子草，瓶形的叶子就像一个个陷阱，昆虫一旦掉落，瞬间就成了它的猎物。类似的食虫植物还有猪笼草、捕虫堇，吸引了一群群好奇的游客。还有一些叫洋名的植物，海伦福拉、达林顿尼亚等，它们来自异国他乡，但跟西双版纳土生的食虫植物有着相同的习性，这些植物本身有叶绿素，可以进行光合作用，但根系极不发达，因此靠捕食昆虫来弥补氮素养分的不足。

神奇的大自然隐藏着无穷的奥秘，植物与动物之间，谁比谁的智慧更多，由此看来很难比较。万物生长，相互依存，又相克相生，或许这是宇宙之初就有的法则吧。

浙江东阳人、植物学家蔡希陶先生，早年毕业于北平静生生物调查所，精通英语、德文、拉丁文，在植物分类等专业领域研究精深，他扎根勐仑五十年，打磨出这块巨大的绿色翡翠。

著名作家徐迟先生曾在刚刚写完关于数学家陈景润的那篇脍炙人口的报告文学《哥德巴赫猜想》之后，即刻专程赶往云南采访蔡希陶，陪同他的周明先生现在还清晰地记得当年的情景，他们的行程抓得非常紧，因为蔡希陶已经得了重病住进医院，徐迟和周明先是在昆明医院里采访了蔡先生，接着又奔赴西双版纳，在植物园里住了好些天。徐迟采访了一批曾与蔡希陶并肩工作和劳动的技术员、工人、农民，最后写出报告文学《生命之树常绿》。

徐迟先生长期生活在武汉，20世纪90年代，我有幸亲身感受到他对年轻一代作家的提携，还曾得到过徐迟先生的赠书，其中就有报告文学集《生命之树常绿》。后来我几次搬家，好多书都搬得不见了踪影，但所幸这本《生命之树常绿》一直完好保存于书箱里。

走近西双版纳植物园,不由思念起徐迟先生的音容笑貌,他笔下描绘过的绿色浓郁,万千植物繁茂鲜活,而他描写过的科学家蔡希陶则在这片浓绿的背景下,静静屹立。那是人们为蔡先生所立的雕像,他像一位老农,带领着拓荒者,手抚摸着树木。

植物园犹如一块绿宝石,镶嵌在罗梭江边,它们相互依偎,见证着人间的悲欢离合。往前只有几公里便是老挝,人们在口岸边穿梭往来,生生不息。

这一天,又逢欢乐的泼水节,道路上赶集的人络绎不绝,傣家人的愉悦就像热带迅速生长的植物,浓密而又昂扬。穿着筒裙的姑娘,傣语叫"哨哆哩"的妙龄少女,扭动着细腰,高耸的发髻旁插着一朵芍药花,或是一根长长吊坠的银簪子,三三两两地穿过树林。她们担着水,那水桶也仿佛是为少女的婀娜特做的佩饰,一前一后随着行走而俏皮的晃动,步子稍快时,桶沿便溅出一点点细碎的银色水滴,就像盛开在少女脚下的小花。

人称"猫哆哩"的小伙子,早早地藏在路旁的绿树后边,大叫一声跳出来,吓唬一下姑娘们,在这幸运的泼水节,欢庆的村寨里漂亮傣家姑娘和小伙聚集在一起,跳起各种盛大的节庆舞蹈，然后，开始泼水。

起初，我也兴奋地参与到他们的行列里，但不一会儿就招架不住了。一个个如花似玉的"哨哆哩"举起小盆，用力将水朝人的头顶泼去，三两下便把人浇得透湿。姑娘们兴奋地嬉闹，在小伙们的围攻下毫不示弱，他们站在水塘里，排成两个对峙的阵营，用盆、用手，甚至用脚，将水泼起来，激荡起来，满天都是水花，到处都是欢笑。小伙子大多手下留情，乐意被姑娘们泼成落汤鸡，假装溃不成军，嗷嗷直叫，姑娘们则越加使劲地将一盆盆清水劈头盖脸地泼去。

青春的召唤，旺盛的活力。在这片土地上，万物生长，生命之树常青。

黄河入海

很久以来，对穿过高原盆地、经流不息的滔滔黄河最终流入大海充满了向往，无数次想象那一番情景或是滔天巨浪，或是长龙摆尾，或是仍然桀骜不驯、浩浩汤汤，亲眼见到它的渴望与日俱增。而有时，却又希望这样的憧憬和期待再长久一些，犹如最美的图画，最好的收藏是在心底，深深的，不停地遐想。

在2019年的夏末，终于来到了黄河入海口。

入海口在山东的东营。可以坐飞机前往,但我们选择了从北京始发至利津的火车,利津是东营的一个县。相对不断提速的高铁,这趟老式的绿皮火车慢悠悠的,车上人不多,难得的清静,走了近两小时才到天津。从车窗看到站台上的地名时惊诧不已,以为看错了。问了列车员,确认无误就是天津,不禁哑然失笑,高铁到此只需二十九分钟,可如今不是老有人说让生活慢下来、慢下来,多领略一路风景吗?这趟车果然让人慢了下来。

可以清晰地看到车窗外的风景,田野里正待掰摘的玉米,池塘里亭亭玉立的荷花,还有大都变成小楼的农舍,撑着小棚的电动车在公路上疾驰,坐在车后的女人扎着粉红头巾,紧紧抱着开车男人的腰。

一路上,不由回想起青海的好朋友梅卓曾经说到黄河、长江的发源地。她是一位美丽的藏族女诗人,一直生活在青藏高原,对这两条大河有着休戚与共的深挚情感,她说她的父老乡亲将雪山化作的涓涓溪流奉为神灵,从不敢用任何身体和精神的不洁去亵渎流水,每逢吉祥的日子,藏族同胞们会跋涉到雪山脚下取回清水,供奉在家里。

而在取水前一定先要洗净双手,容器里的剩水绝对不能倒进河流、湖泊或水井里。梅卓在说这些话时,一脸虔诚,这使她本来好看的双眼显得更加清澈透亮，我久久地看着她，将她的言语和对水的敬畏刻在了心里。

继而，便想到曾经去过的青海三江源，那一片经过炎黄子孙寻觅了几千年的发源地，是那样宏阔而寥远，连绵起伏的可可西里山及唐古拉山脉横贯其间，高耸入云的雪山冰川犹如天地之间的圣殿，巍峨庄严，一派圣洁，而雪山脚下涌出的清泉则如从天而降的仙女，一个又一个，一群群前后欢跳着，四处流动。

她们带着少女的性情，走着走着，有的就停了下来，顽皮地化作高原上的蓝宝石，星宿海、扎陵湖、鄂陵湖……那一湾湾映照天空的湖泊便是她们闪亮的眼睛。还有一些就地躺下，化作一片片草木丛生的湿地，扎阿曲、扎尕曲间沼泽，让云杉、虎耳草、雪灵芝自由生长，藏羚羊和牦牛、棕熊穿行其间。

一时分辨不清，是哪些涓涓雪水流归了黄河？

据说，最早有关黄河起源的记载是战国时代的《尚书·禹贡》，有"导河积石，至于龙门"之说。所指"积石"，在今青海循化附近，距真正的河源距离尚远。到了唐代，才一步步接近了巴颜喀拉山，唐王朝和吐蕃政权来往密切，特地派遣过一些官员和旅行家在河源探访，有记载："次星宿川，达柏海上，望积石山,览观河源"。

吐蕃王松赞干布,还在这一带迎娶了从关中不远万里前来和亲的文成公主,那美妙的汉族女子面对黄河之源,一定勾连起更加强烈的思乡之情,但她若能感知她的故事将随着黄河之水源远流传,成为民族亲情千秋美好的见证,也定会欣慰不已。

历朝历代,华夏儿女对黄河源流一直有着殷切的探询,中华人民共和国成立以后,更是多次组织科考队进行全面勘查,最后认定位于巴颜喀拉山北麓那座各姿各雅山,从山脚下碗大泉眼溢出的清水,就是咆哮万里的黄河最初水流——卡日曲。

青海高原孕育了三条大河,黄河、长江、澜沧江,她们是上天之子,是最为高贵的女神,又犹如姐妹,少小时节嬉耍跳跃在一起,稍后便有了各自的远方。黄河为何选择流向北方,这是大河深藏的秘密。或许她从巴颜喀拉山脉初生之时,便与长江、澜沧江心照不宣,以对生命无边的仁慈和默契,各自选择了不同的去向,在不断的前行中不断丰盈,哺育着亿万生灵。

从雪山到入海,这条中国北部的大河,流向西北干涸的山峦和土地,流向那经她滋润过后才有了名字的青海、四川、甘肃、宁夏、内蒙古、陕西、山西、河南及山东,最后流入渤海。她经历了一路惊险传奇。

先是在山地峡谷间穿行,忽宽忽窄,急纵之后会有放松的流淌,造就出富饶的河套平原;随后急转朝南,飞流直下千余里,将黄土高原的泥沙裹挟而去,于碛流奔涌的壶口形成滔滔瀑布,于两岸断崖绝壁、刀劈斧削对峙间形成险要龙门;继而摇荡而行,"三十年河东,三十年河西",过三门峡,长驱直入,横贯华北平原,将河道逐年抬高,形成世界著名的"地上悬河";在她奔向大海的前夕,又将挟带而来的泥沙堆积成一滩滩新生的陆地,每年都几乎新增三万多亩。

任那绿芽萌发,人鸟共享。

我追随着她的气息,终于来到黄河入海口的附近了,也就是她不断簇拥而成的大地上。从北京到利津,列车行走了足足七个多小时,已是漆黑的夜晚,由小站温和的灯光里走出来,一时间辨不清方向。

但知这利津县正位于黄河三角洲,古时便因邑有东津码头,内控黄河,外锁海运要津,故称为"利津",是为黄河入海口附近水陆码头和商贸重镇。境地虽为平原,但由于历史上黄河决口频繁,受洪水反复冲切,又有淤泥套叠,形成坡地山岗,低洼相间的地貌。

利津北站就建在小小的高地上,走下一级级台阶,上车便进到更深的夜色之中了。

车灯照着前方的道路,但见不时弯曲在田野之间,道旁的树木伸展着枝杈,像是有意调皮地阻拦。进城的大路正在加修,这条乡道虽然有些窄,但夜间少见车辆来往,由着这车在路上摇摆,一会儿冲上小坡,开到墙壁上绘满彩画的村庄里,一会儿又差点开进结满玉米棒子的庄稼地。幸亏导航指路,半小时以后眼前一片绚烂的灯火,来到了利津县城。

第二日才看清,这原是一座街道开阔,建筑新颖的小城,黄河大桥连接起县城两端,行走于此,能明显感觉到凉风里河与海的潮润。大河离海已经很近很近了,她从山东滨州流入东营,很快就要抵达垦利县东北,那便是她的入海口。

黄河本是一位性格丰满的母亲,从初始的无拘无束,到之后的义无反顾,她会在严寒来临之时,结冰封河,直到来年春天;她会随心所欲地摆动腰肢,不管不顾地扫荡污泥尘埃,甚至狂怒无情。

据历史记载,在1946年前的3000~4000年,黄河受到近1593次泛滥威胁,决口1000多次,而因泛滥令河道大改道共26次,北到海河,南至江淮。人们在无数次遭遇灾难之后不得不揣摸黄河的意愿,为之改道,为之牵引,于是,才有了今天最终走向渤海的必经之路。

前往入海口的路上，黄河就在相距不远的大堤之外，车行高处，便能时时看到她万马奔腾似的流动，并仿佛还能听到那大河的喘息。

她一定是很累了。

一万多里的漫漫长路，她将乳汁献给了广袤的土地，孕育了中华文明、炎黄子孙，在她流经的地域里，开创了中国文字，千年古都，青铜冶炼，四大发明；人们用这母亲河灌溉农田，兴修水电，她是沿途人民的生命源泉，也是现代文明得以为继和可持续发展的根本保障。

但就在前些年，人们突然发现，黄河竟然出现断流的现象，究竟是大河源头的雪线下降，荒沙遮蔽，还是沿途树木减少，水系退化？或者是人们过度开发利用，造成环境恶劣，乳汁干裂？有一年夏天，我回到父亲的故乡东阿，亲眼见到那条多年前舟楫来往的大河竟然只剩了浅浅的水面，浅得人赤着双脚就能蹚过河去……那一刻，怎不叫人肝胆欲裂？

不敢设想，如果没有了黄河，没有了长江，我们将还有什么？

保护黄河，保护长江！保护华夏儿女的母亲河！

让人欣喜的是，在那片通往黄河入海口的葳蕤湿地上，感受到了东营人的良苦用心。近些年来，人们越来越清醒地意识到人与自然相依为命的关系。从黄河到渤海，启动了全面保护的战略规划，打造黄河流域、渤海生态文明，还大自然以生机，已逐日在见成效。

受到黄河最为丰厚馈赠的东营，陪伴大河前行的渤海之畔似乎竟唤来了高原的某种气息，那受到呵护的湿地一望无际，虽然没有藏羚羊敏捷的奔跑，但青苍苍成片的芦苇枝叶勃勃，密不透风，水洼里虫鸣鱼跳，千万只候鸟在此盘旋飞翔。

辽阔的湿地成为鸟儿的乐园，也是东亚——澳大利亚和环太平洋鸟类迁移路线上的重要通道，每年南来北往的近六百万只鸟儿在此越冬、繁殖和歇息，丹顶鹤、白鹭、天鹅……数不清种类的鸟儿们在湿润的草地、密集的芦苇丛中自由而优雅地翩翩起舞，它们组成曼妙的队列，在这片与大海相依的天空之上此起彼伏，高飞低唱，仿佛在一同欢迎远道而来的黄河。

眼见得，黄河就要扑向大海了，那是她日夜奔走，终将回到的家园。

她一定是远远地看见了那一片蔚蓝，虽然已好生疲惫，从那么遥远的高原到如今，她从未停歇过，如果她不是一位仙女，一定早就腰身伛偻，脸上布满皱纹，步履蹒跚了；但她的确是天地间伟大的精魂，即便已是千辛万苦，也仍然毫不踌躇地鼓涌向前。那排山倒海的波涛便是她急急的脚步。

她有一些矜持，可以从她回卷的瞬间看出来，但终归，她就像将要谢幕的女神，一边整理衣衫，一边雍容端庄、气势磅礴地迎着海洋而去。

那渤海候着她，时刻敞开着胸怀。

黄河加快了脚步，若是在飓风多情地催促下，她会在扑向大海之际再次掀起惊天动地的波涛，于是，那一道令人极为震撼的奇观便出现了：巨大的黄河浪潮与邈远的蓝色大海紧紧相汇，持续着，连绵不断……

那是经历了无数泥沙厚土的濡染而成的雄浑的黄，那是经历了从陆地——湖泊——海的沧桑演变的无尽的蓝，两者就都是天地的原色，之间是如此宽广的独立，又如此长久的信赖和相依，再也没有分离。

这时候，你可以明显地看到奔腾而来的黄河即使进入了大海，但依然按捺不住的倔强，她在一派宽容的蓝色之上掀起一股又一股巨浪，浪的尖顶扬起一叠叠雪白，透示出大河一如既往的冰雪性情——她到此时，也没有忘记雪山的恩典，不屈不挠地试图留下自己的本色，直到遥远。

在那里，在那遥远的，人们的视线难以触摸的海之深处，她终于化作了海。